A MASSAGISTA
JAPONESA

Livros do autor publicados pela **L**&**PM** EDITORES:

Cenas da vida minúscula
O ciclo das águas (**L**&**PM** POCKET)
Os deuses de Raquel (**L**&**PM** POCKET)
Dicionário do viajante insólito (**L**&**PM** POCKET)
Do mágico ao social
Doutor Miragem (**L**&**PM** POCKET)
A estranha nação de Rafael Mendes
O exército de um homem só (**L**&**PM** POCKET)
A festa no castelo (**L**&**PM** POCKET)
A guerra no Bom Fim (**L**&**PM** POCKET)
Uma história farroupilha (**L**&**PM** POCKET)
Histórias de Porto Alegre
Histórias para (quase) todos os gostos
A massagista japonesa (**L**&**PM** POCKET)
Max e os felinos (**L**&**PM** POCKET)
Mês de cães danados (**L**&**PM** POCKET)
Minha mãe não dorme enquanto eu não chegar
Pai e filho, filho e pai e outros contos (**L**&**PM** POCKET)
Pega pra Kaputt! (c/ Josué Guimarães, Luis Fernando Verissimo e Edgar Vasques)
Os voluntários (**L**&**PM** POCKET)

Moacyr Scliar

A MASSAGISTA JAPONESA

www.lpm.com.br

L&PM POCKET

Coleção **L&PM** POCKET, vol. 961

Texto de acordo com a nova ortografia.

Este livro foi publicado em primeira edição, pela L&PM Editores, em formato 14x21cm, em 1984
Primeira edição na Coleção **L&PM** POCKET: maio de 2011

Capa: Ivan Pinheiro Machado. *Ilustração*: Caulos
Revisão: Daniel Lara de Oliveira e Márcia Camargo

CIP-Brasil. Catalogação-na-Fonte
Sindicato Nacional dos Editores de Livros, RJ.

S434m

Scliar, Moacyr, 1937-2011
    A massagista japonesa / Moacyr Scliar. – Porto Alegre, RS: L&PM, 2011.
    128p. : 18 cm   (L&PM POCKET, v. 961)

    ISBN 978-85-254-2315-3

    1. Conto brasileiro. I. Título. II. Série.

11-2665.   CDD: 869.93
                                   CDU: 821.134.3(81)-3

© Moacyr Scliar, 1984

Todos os direitos desta edição reservados a L&PM Editores
Rua Comendador Coruja 314, loja 9 – Floresta – 90.220-180
Porto Alegre – RS – Brasil / Fone: 51.3225.5777 – Fax: 51.3221.5380

Pedidos & Depto. Comercial: vendas@lpm.com.br
Fale conosco: info@lpm.com.br
www.lpm.com.br

Impresso no Brasil
Outono de 2011

Sumário

Muitos e muitos graus abaixo de zero 7
O adivinho 10
A massagista japonesa 12
Dia de índio 17
Interlocutores imaginários 20
Ponte de safena 23
O clube do vinho (uma fábula enófila) 26
Liquidando o domingo 29
Os intelectuais e o churrasco 32
Em cima do muro 35
Fábula subdesenvolvida 38
Não vai dar pé 41
Direto ao assunto 44
Roubos de carros 46
A noite em que os hotéis estavam cheios 50
O dia seguinte 53
A um bebê com cólicas 55
Uma fábula para os nossos dias 58
O filho da empregada 61
O picareta 64
Ata de reunião 67

História canina 69
Memória implacável 72
Data certa 75
Decisão 78
Amostra significativa 80
Um caso de honestidade 83
Lacunas 86
Nostalgia porto-alegrense 90
O ocaso da delação 95
Ver Roma e depois morrer 100
O código do amor 103
O homem que corria 107
Histórias com feedback 111
O espírito natalino 117

Sobre o autor 121

Muitos e muitos graus abaixo de zero

Ao contrário do espião que saiu do frio, a classe média brasileira entrou nele: o *freezer* está aí para ficar. E aliás com boas razões, porque é realmente uma medida prática e econômica de conservar o alimento. Às vezes com certos inconvenientes, como tivemos ocasião de observar há pouco.

Fomos convidados para jantar na casa de uns amigos. Jantar que, fomos de antemão prevenidos, sairia diretamente do *freezer* que, segundo a dona da casa, tinha se transformado num verdadeiro reduto de pratos deliciosos. Animados, fomos lá.

Encontramos o casal vestido de forma estranha: embora a noite estivesse relativamente quente, a dona da casa vestia casaco de peles e o seu marido usava um velho, mas grosso, sobretudo. Teria a festa como tema *Uma Noite no Polo Norte?* Nada disso: é que, pouco antes de nossa chegada, o casal procurara no *freezer* o prato que seria servido e, por isso, havia se protegido convenientemente.

– O frio que sai lá de dentro é de rachar – disse a dona da casa, entusiasmada.

Passamos direto para a cozinha. Ali, sobre o balcão, jazia o que iríamos comer naquela noite.

O aspecto não era muito animador: um pacote de plástico, recoberto por uma camada de gelo.

– É um prato notável – garantiu o marido. – Chama-se...

Tentou ler o nome na etiqueta, mas não conseguiu. Nem mesmo a data ele pôde decifrar, por causa do gelo:

– Me parece 13 de março de 1942... Não esta é minha data de nascimento. Será 14 de outubro?...

Resolveram deixar de lado a questão secundária do nome e passar à coisa propriamente dita. Antes, porém, era preciso descongelar o prato. O que não foi fácil. Puseram na água quente – sem resultado. Junto ao gás – nada. Impaciente, o marido atirou o embrulho contra a parede, mas não conseguiu quebrar o gelo. O rombo no reboco, contudo, foi apreciável. Resolveram, finalmente, acender uma fogueira no terraço do apartamento, e ali deixaram o *iceberg* derretendo. Enquanto isto, iam nos explicando as vantagens do *freezer*, que lhes permitira acumular comida para muitos meses.

– Que venha a crise! – bradava o marido eufórico. – Que venha a Terceira Guerra! Estamos preparados.

A dona da casa via os aspectos mais práticos:

– Simplificou muito a minha rotina. Nem empregada tenho mais. A que tínhamos desapareceu logo depois que comprei o *freezer* e nem me dei ao trabalho de arranjar outra.

Finalmente resolveram nos mostrar a maravilha.

Era um *freezer* enorme, muito maior do que os que a gente conhece habitualmente. Tinha sido fabricado por encomenda especial e estava cheio. A dona da casa ia tirando pacotes congelados e explicando:

– Isto é lagosta à Newburg... Isto é filé à moscovita...

De repente, deteve-se, olhos arregalados: é que, atrás dos pacotes, aparecia uma mão.

– Meu Deus! É...

A empregada, sem dúvida. Mas antes que nos apregoassem as vantagens do *freezer* na conservação das domésticas, nós estávamos longe. E, felizmente, à temperatura ambiente.

O ADIVINHO

Todos os anos, nesta época, o senhor Ranulfo procura o adivinho Miro. O adivinho é um homem velho, que nunca ri. Mora numa casinha do Partenon; atende o senhor Ranulfo na sala dos fundos. Sentam-se à mesa, o senhor Ranulfo torcendo as mãos, o adivinho segurando um enorme livro.

– Nome? – pergunta o adivinho, com sua voz rouca e sinistra.

– O senhor sabe – responde o senhor Ranulfo, trêmulo.

– Tenha modos e responda o que lhe perguntei.

O senhor Ranulfo declinando o nome, o adivinho folheia as páginas manuscritas do livro.

– Ramão, Ramiro... Ranulfo. Está aqui. Vamos ver. Conte-me o que lhe sucedeu este ano.

O senhor Ranulfo conta. O adivinho escuta, de olhos semicerrados. De vez em quando inclina-se para frente, consulta o livro, balança aprovadoramente a cabeça. Quando o senhor Ranulfo termina, ele diz, numa voz mais suave:

– De fato. Ocorreu como estava escrito... Exatamente aquilo... – Interrompe-se:
– Mas já estou falando demais. Vamos ao pagamento. São 50 mil cruzeiros.
– Tanto? – admira-se o senhor Ranulfo. – No ano passado...
– O ano passado passou. Este ano o preço subiu.

O senhor Ranulfo paga. O adivinho guarda o dinheiro, abre o livro, lê uns minutos em silêncio. Depois levanta a cabeça e fita Ranulfo com um rosto sem expressão.

– Sobre 1976 está tudo aqui. Quer que leia?
– Não! – grita o senhor Ranulfo, levantando-se. – Desculpe... Não posso. O senhor sabe que não posso. Não consigo... Não conseguirei. Nunca. Fique com o dinheiro. Desculpe, e até a vista.

O adivinho não responde. Fecha o livro. O senhor Ranulfo pega o chapéu, dirige-se para a porta. Antes de sair, vacila, volta-se:

– Não me deseja um Feliz Ano Novo?
– Sou pago – responde o velho, sem emoção – para prever. Não para desejar.

A MASSAGISTA
JAPONESA

Num dos últimos números da revista *Nova* (ou será a *Mais?*), um jornalista conta suas aventuras com a mais recente espécie de profissional surgida em São Paulo: a *massagista*. O assunto não é novo, e já foi até objeto de uma pornochanchada. Mas é importante, por duas razões: em primeiro lugar, porque como era de esperar as massagistas também fazem seus anúncios aqui em Porto Alegre (se é que já não estão). Como toda a novidade, veio seguindo a rota clássica: Europa (ou Estados Unidos) – Rio e/ou São Paulo – Porto Alegre. Morar na periferia é fogo: a gente pega tudo de segunda mão. O único consolo é que as novidades chegam cada vez mais rápidas.

Em segundo lugar, as *massagistas* estão a demonstrar que o pecado não perde, em imaginação criadora, para a virtude. O que mostra também a inutilidade de certos mecanismos repressivos. A profissão mais antiga do mundo é imoral? Pois bem: ela agora adquiriu uma capa de respeitabilidade: um cursinho de massagem torna qualquer dama de vida fácil uma profissional pronta a se estabelecer. E não se poderia sequer dizer que elas não fazem o que apregoam: na realidade, o que elas praticam é uma forma diferente de massagem.

Seria cômico, se não fosse triste. Tudo isto – as revistas eróticas ou pseudoeróticas, as pornochanchadas, as massagistas – evidencia a solidão, a alienação que hoje caracteriza a vida de muita gente nas grandes cidades, brasileiras inclusive. Pratica-se um sexo de mentirinha, o equivalente de outras ilusões que nos são impingidas. Não que o fenômeno seja em si mesmo condenável. Em certas circunstâncias é seguramente melhor um sexo artificial do que sexo algum. O que é ruim é a mentirinha, a ilusão. Nada mais reconfortador, nada mais satisfatório do que a verdade, a autenticidade. Mas vamos parando por aqui. McLuhan (lembram-se?) dizia que os meios de comunicação são as massagens – fazendo um trocadilho com mensagens, e querendo dizer que os meios *massageiam* nosso sensório; eu não quero fazer o contrário: transformar as massagens num meio de transmitir uma mensagem. Quem sou eu? Meu negócio é a ficção. Em vez de me alongar em comentários sobre as massagistas, prefiro contar uma história a respeito.

Nós aqui temos os nossos estereótipos, não é verdade? Pensamos, por exemplo, no Oriente como a região dos mistérios, pensamos no Japão como o país das gueixas, aquelas mulheres treinadas em dar ao homem o máximo do conforto e do prazer. O camarada pode não saber muito bem o que aconteceu em Hiroshima e Nagasaki; mas gueixa ele sabe o que é, ou pelo menos pensa que sabe.

Ouvi falar de um sujeito que sonhava com gueixas. *Aquelas sim é que são mulheres!* – suspirava, para desgosto da própria esposa, uma mulher dedicada, mas pouco versada nas artes do amor.

Pois o destino deu a este homem uma colher de chá. Diretor de uma grande firma, ele foi enviado ao Japão para tratar de negócios. E assim, uma noite, viu-se sozinho em Tóquio, hospedado num luxuoso hotel (todas as despesas por conta da firma, que pretendia exportar a qualquer preço).

Trêmulo, sentindo a antecipação de algo grandioso, o homem percorreu a lista de serviços oferecidos pelo hotel. Breakfast americano, sauna, cinema... Finalmente encontrou o que procurava: *massagista japonesa*! E atendia no próprio quarto!

Levantou o fone e num inglês arrevesado (complicado ainda por seu nervosismo) pediu – com urgência – uma massagista japonesa. Despiu-se, perfumou-se e ficou deitado, à espera.

Pouco depois a campanhia soou. Levantou-se de um pulo, abriu a porta, sorridente – mas recuou em seguida, horrorizado: diante dele, vestindo um imaculado avental branco, estava a japonesa mais velha – e mais feia – que ele já tinha visto.

Uma verdadeira megera. O rosto encarquilhado. A boca murcha, meio torcida num sorriso que pretendia ser simpático, mas que só a tornava mais horrorosa.

— Sou a massagista — disse a mulher, e foi entrando, vacilante, tateando os móveis.

Foi então que o homem se deu conta do fato constrangedor: a japonesa era cega. Claro. Como em muitos outros países, tinham-lhe reservado uma ocupação compatível com seu defeito. E deveria ser até uma excelente massagista.

Mas o nosso executivo já não queria massagens. Atrapalhando-se todo, tentou explicar que era engano, que não tinha pedido massagista alguma. A velha senhora ignorava-lhe as explicações; orientada pela voz, avançava na direção dele, sorridente, as mãos estendidas, pronta para massagear.

Iniciou-se então uma estranha caçada. Assustado, o homem fugia pelo quarto, nu (nenhum problema, já que a mulher não podia vê-lo), enquanto a massagista o perseguia, a passos vacilantes, porém determinada a alcançá-lo. Estivesse vestido, o homem teria escapado pelo corredor, mas não, tinha de resolver o assunto ali mesmo.

O acaso ajudou-o. Havia no quarto um grande armário, um *closet*, cujas portas ele tinha deixado abertas. Postou-se ali, resmungou qualquer coisa, e quando a massagista avançou, empurrou-a para dentro e fechou a porta.

Por alguns minutos ouviram-se gritos abafados e golpes na porta. Depois, fez-se o silêncio.

O homem suspirou, aliviado, enxugou o suor.

— Nunca mais — murmurou — me meto numa destas!

Estava decidido a sair, a tomar um trago, a ir numa boate – enfim, a fazer qualquer coisa que apagasse de sua mente a impressão horrível da massagista avançando em sua direção.

Mas aí interveio o destino. Ele abaixou-se para pegar as calças que tinham caído no chão, e ao tentar erguer-se soltou um grito de dor. Era a coluna! A maldita coluna!

Não teve outro jeito. Gemendo, arrastou-se até o armário e – sorriso amarelo na cara – abriu as portas de par em par.

Dia de Índio

Terça-feira foi o Dia do Índio, mas na minha época de guri, o Dia do Índio era o domingo, que era o dia de cinema. Nesse dia, íamos ver os índios, os únicos índios que conhecíamos então, e que eram os Apaches, os Comanches, os Sioux das matinês do Baltimore, do Rio Branco, do Capitólio. Dos índios brasileiros nos ocupávamos durante a semana, no colégio; estudávamos as tribos em que se dividiam, suas lendas, seus deuses; mas isto sendo matéria de exame, evidentemente não nos dava a menor satisfação. Preferíamos os seriados completos em que os índios apareciam com uma finalidade principal – morrer.

Como se matava índio naqueles domingos, meu Deus. Também, eles pediam, não é? Os brancos entravam, com mil sacrifícios, pelo oeste adentro; os brancos eram simpáticos e bonitos, e – à exceção do mocinho – tinham mulheres e filhos, todos simpáticos e bonitos. Se aparecia um branco feio e sinistro a gente podia anotar, desde o começo do filme: aquele estava mancomunado com os índios.

Mas, então, os brancos iam avançando, nos seus carroções. À noite acampavam; em torno à fogueira, cantavam canções nostálgicas, sem saber que de sob as colinas olhos malignos os espreitavam – os esculcas dos índios; sem saber que o que parecia o pio da coruja era na realidade um sinal dos índios, dizendo que os brancos estavam distraídos, que o ataque podia ser preparado. Entretanto, havia alguém no acampamento que entendia esses sinais, que adivinhava a presença dos espiões; esse alguém era o mocinho, que sondando a noite com o semblante preocupado dizia a seu ajudante, o gozado:

– Está quieto, isto. Muito quieto.

E mandava que os colonos fizessem um círculo com os carroções. Na hora: porque logo depois, a cavalo, pintados como demônios e uivando horrivelmente, apareciam os índios. Cercavam os carroções, atacavam com suas flechas incendiárias...

Mas como se matava índio, então. Cada mocinho da época matava, em média, uns quarenta índios por matinê, e índios robustos, bem-nutridos. O gozado por sua vez matava uns vinte, e até a mocinha liquidava seus dois ou três índios. Isto sem falar na cavalaria, que quando aparecia vinha para acabar com o estoque dos malvados.

Na plateia, gritávamos, sapateávamos, delirávamos – se não a cada índio abatido, pelo menos a cada dezena deles. Não cessávamos de vibrar até o fim do filme. E aí, gloriosos, nos levantávamos e saíamos, para contar aos nossos pais dos índios que tínhamos morto. Ao crepúsculo, íamos para casa...

No cinema, ficavam as pilhas de índios mortos. A mulher da limpeza nem se preocupava com eles: varria-os para um canto. Porque na realidade não estavam mortos, não; fingiam. E quando raiava a madrugada de segunda-feira levantavam-se, trocavam de roupa, e iam silenciosamente para as fábricas, para os edifícios em construção. Assim eram os índios de então. Assim são os índios de agora.

INTERLOCUTORES IMAGINÁRIOS

A gente anda pela rua, ou entra num ônibus, ou numa loja, e não pode deixar de observar: há pessoas que movem os lábios, ou murmuram alguma coisa, ou dizem algo em voz alta. Estão falando sozinhas, é o que a gente conclui. Estranha-se, mas não tanto; é uma coisa até certo ponto normal, especialmente numa época de crise, em que as pessoas andam tensas, angustiadas. E, na realidade, não estão falando sozinhas; estão dialogando com interlocutores imaginários.

É uma coisa que todos nós fazemos. Temos adversários com quem polemizamos e brigamos em imaginação. O que começa já na infância, segundo os psicanalistas: o bebê acusa o seio materno pelas frustrações que sente, assim como a criança um pouco maior grita com seus bonecos ou com os homenzinhos do Playmobil. A entrada no colégio proporciona uma legião apreciável de inimigos: os rivais da aula, os professores. Já na adolescência, a polêmica imaginária adquire conotações radicais: é com os capitalistas que se discute, ou melhor, com o capitalista, qualquer gordo proprietário de loja, ou de bar, ou de fábrica:

– Você não se envergonha do que está fazendo? Enche a pança enquanto o povo passa fome? Se diverte enquanto os pobres choram? Seu dia chegará, você vai ver. Este diálogo é rapidamente estendido a políticos corruptos, a ineptos governantes; e, finalmente, ao próprio chefe ou patrão. Os discursos inflamados, os protestos violentos, enchem então as longas noites de insônia. O que é uma alternativa consoladora; qualquer monólogo, qualquer voz que pode clamar no deserto é ainda melhor que o Grande Silêncio – porque, enquanto há vida, há esperanças.

A propósito, uma pequena história. Um homem brigou com seu patrão. Na hora, não teve coragem de dizer o que pensava – com o desemprego que anda por aí, quem se arrisca? – mas depois, andando pela rua, praguejava furioso:

– Ele que vá para o inferno!

Aquele homem está falando sozinho, disse uma menina à mãe. Ele ouviu, voltou-se, ofendido; ia dizer que não, que era mentira, que não estava falando sozinho. Mas a mãe já puxava a filha, entraram numa loja e ele seguiu seu caminho, ainda furioso. E se estivesse falando sozinho? Entrou no ônibus, sentou à janela.

– Que mal tem – disse, em voz alta – falar sozinho?

A moça ao lado dele voltou-se:

– Eu não vejo mal nenhum em falar sozinha.

Ele olhou-a. Era uma moça bonita, e noutras circunstâncias ele até entabularia uma conversação amável, com a experiência de solteiro conquistador que era.

Mas agora estava furioso.

– Não falei com a senhora. Eu estava falando sozinho. Tenho este direito ou não?

– Claro que tem – replicou a moça. – Mas eu também não estava falando com o senhor. O que eu disse foi que não via nenhum mal em falar *sozinha*.

Ele calou-se, desconcertado. Mas logo em seguida voltou à carga:

– Porque tem pessoas que acham esquisito o cara falar sozinho...

– Eu não acho – disse a moça. – Falo sozinha muitas vezes. E, para dizer a verdade, até que gosto.

Ele se interessou, perguntou por detalhes: em que lugares ela falava sozinha? A que horas? Acabou convidando-a para jantarem juntos – queria, segundo disse, já sorrindo, discutir a técnica da conversação sem interlocutor.

Ela aceitou, mas com uma condição:

– Faz de conta que estamos falando sozinhos.

Riram os dois. Jantaram, depois foram dançar. Naturalmente acabaram casando. E são felizes; tão felizes quanto podem ser as pessoas nas atuais circunstâncias. Pelo menos conversam, e isto os ajuda a suportar as agruras da vida. E às vezes também falam sozinhos, cada um em seu canto. Mas aí é só para não perder a prática.

Ponte de safena

À medida que as mulheres vão conquistando seus direitos, vão tendo de arcar também com os ônus que até agora a natureza e a vida social impunham aos homens: a neurose, a insônia, a tosse dos fumantes, coisas para as quais altos salários e musculação pouco resolvem. Foi o que descobriu uma executiva, mulher ainda jovem, que chamarei pelas iniciais de V.S. Depois de uma semana de preocupações e aborrecimentos ela acordou, uma noite, com uma terrível dor no peito. Meu Deus, pensou incrédula, será que é um enfarte? Era: o eletro mostrou um enorme enfarte; na cinecoronariografia constatou-se um grau incrível de obstrução. Veredicto: cirurgia. De imediato. Ela nem vacilou. Mulher enérgica, acostumada a decidir chamou seus dois filhos, já crescidos (do marido estava separada), avisou-os que ia se operar; colocou suas coisas em ordem, doou órgãos – e lá se foi para a sala de cirurgia.

Correu tudo bem, mas ela teve uma surpresa ao acordar. Estava na sala de recuperação – e era a única mulher no meio de vinte e tantos cavalheiros; uns ainda anestesiados, outros sonolentos, dois ou três em coma – mas homens, de qualquer maneira. Claro, ela já havia estado deitada ao lado de homens, mas não tantos. De qualquer maneira a dor era muita, e V.S. não deu muita importância ao fato.

No dia seguinte, porém, já melhor, descobriu que estava sendo paquerada.

Isto mesmo: do leito ao lado do seu, um senhor, com soro na veia e monitorado, olhava-a e sorria. A primeira reação de V.S. foi virar-lhe as costas – mas de que jeito, se ela, também monitorada e com soro, não podia se mexer? Além disto, o cavalheiro era simpático.

Sorriu-lhe. Conversaram um pouco: o homem era – naturalmente – um executivo; rico; viúvo e sem filhos. Exatamente a pessoa que ela descreveria se pusesse um daqueles anúncios que começam assim: "Solitária..."

Mais: descobriram entre si múltiplas afinidades. Ambos gostavam de teatro, de jazz, de viajar. O cavalheiro ficou tão excitado que a enfermeira teve de adverti-lo: a pulsação dele subia a níveis inconvenientes. Riram, os dois, e começaram a fazer planos para quando deixassem o hospital. Iriam jantar juntos; brindariam às suas respectivas pontes de safena – afinal, disse o homem, foram elas que nos uniram –, depois iriam dançar...

Esta história deveria ter um *happy end*, não deveria? Seria pelo menos justo. Mas não há justiça, no reino da doença; há fatos. Naquela mesma noite o homem morreu. Deu um grito e ficou imóvel.

De seu leito, os olhos esgazeados, V.S. assistia, angustiada, aos esforços que médicos e enfermeiras faziam para salvá-lo. Tudo inútil. Pouco depois, coberto por um lençol, ele saía para empreender sua derradeira jornada.

Ela teve alta. E mudou de vida. Já não lhe interessava tanto o dinheiro, o sucesso, vencer os outros; preferia agora passear com seus filhos no parque. Depois que a gente passa a ponte de safena, ficam para trás todas as ilusões.

O CLUBE DO VINHO
(UMA FÁBULA ENÓFILA)

Poucos conhecem o Clube do Vinho.
Trata-se de uma fechadíssima irmandade de enófilos que se reúne periodicamente para, de acordo com o Regimento Interno, degustar vinhos e discutir suas qualidades. A admissão a esta comunidade é extremamente difícil; as vagas, que só se abrem raramente pela morte de um dos sócios, são preenchidas mediante provas teórico-práticas de extraordinário rigor. Na realidade, há anos nenhum candidato é aprovado; isto tem feito crescer o orgulho dos associados que até há pouco tempo se consideravam os maiores conhecedores de vinho do planeta.

Esta crença foi abalada após um inquietante incidente... Uma noite o Clube reuniu-se para examinar um candidato. Tratava-se de um homem jovem de aparência humilde; normalmente, sua entrada teria sido barrada até pelo porteiro, mas ele trazia uma carta de recomendação de um sócio já falecido. Como a conseguira, era um mistério; contudo, a assinatura era evidentemente autêntica, e a credencial foi aceita. Após os cumprimentos de praxe e conversações sobre temas triviais, o Presidente sorteou o ponto. Um dos membros apresentou ao candidato um cálice com vinho tinto. Ele provou um gole e, sorrindo, identificou corretamente: era um *Mauslebenwein* da safra de 1898. Interrogado pelo Presidente, disse ainda a data da colheita, a hora e a temperatura no momento – tudo de acordo com a ficha. Os sócios do Clube mexiam-se em suas cadeiras, contrafeitos. O homem disse ainda de onde provinha a cortiça com a qual tinha sido fabricada a rolha e a espessura, em milímetros, do vidro da garrafa. O clima, agora, era de apreensão: com que, então, havia alguém que soubesse tanto de vinhos quanto os veneráveis membros do Clube? Tentando uma cartada decisiva, o Presidente perguntou pelo teor de fosfato na terra em que a vinha tinha sido cultivada. O homem não titubeou: doze miligramas por quilo, disse, sorridente.

– Lamento – disse o Presidente, friamente. – A resposta correta é treze miligramas. Temos de reprová-lo.

Os sócios se olharam, alarmados: o Presidente estava mentindo, eles sabiam.

Recorrera a esta medida desesperada para impedir a entrada do estranho no Clube.

Mas se conformaria este com o veredicto? O visitante, porém, não protestou; limitou-se a sorrir mais uma vez e se retirou.

Os membros do Clube ficaram em silêncio durante uns minutos. Não tinham coragem de se olharem uns aos outros. Mas então um deles gritou:

– O vinho! Olhem o cálice de vinho!

Olharam: já não continha mais o vinho tinto mas um líquido incolor.

– Água – disse o Presidente provando o conteúdo do cálice. – Fizemos muito bem em reprovar o candidato. Olhem o que ele fez com um excelente vinho.

– Mas quem era esse homem? – murmurou um dos sócios. – Esse homem capaz de transformar o vinho em água? Será o mesmo que transformou a água em –

Não terminou a frase. Não era necessário. Em silêncio, todos deixaram o Clube e recolheram-se às suas casas. Naquela noite, não queriam mais falar em vinho.

LIQUIDANDO O DOMINGO

Se você pertence à categoria – não tão rara como seria de esperar, no país do "sombra e água fresca" – dos viciados em trabalho (algo que os americanos conhecem pelo horrendo nome de *workalcoholics*) você sabe o que quer dizer isso, liquidar o domingo. Se você reprova o Senhor, não pelo fato de ter criado o Universo, mas por ter descansado depois de fazê-lo; se você estremece de medo só de olhar as datas em vermelho no calendário; se você vê na segunda-feira uma bênção – então não há dúvida, você é um liquidador de domingos.

Apercebi-me da existência dessa curiosa categoria há uns seis anos, no Rio de Janeiro. Conheci lá um sujeito que me disse detestar morar na cidade; só ficava lá por uma razão:

– Aqui é fácil liquidar o domingo. A gente pega a mulher e os garotos, vai para a praia ali pelas dez horas, fica lá até as três ou quatro, depois vai tomar um sorvete ou comer alguma coisa, depois se volta para casa, se vê um pouco de televisão, e pronto, o domingo está liquidado.

O sorriso maligno com que disse isso me impressionou. Parecia um pistoleiro – desses que faz uma marca no cabo do revólver por cada vítima – gabando-se de sua técnica. Mas não: era um cidadão pacato, bom pai de família; e, sem dúvida, funcionário exemplar da empresa onde trabalhava, o que lhe garantia o salário suficiente para que ele morasse perto da praia, a mesma praia onde liquidava os domingos; e que lhe permitira a compra da TV a cores, a mesma TV que lhe ajudava nessa tarefa. Aqui em nossas regiões temperadas, longe do mar, já não é tão fácil liquidar o domingo. Começa que aqueles que mais detestam o domingo são os que nesse dia acordam mais cedo, o que parece ser uma maldição adicional. Mas a manhã ainda não é o pior: sempre há algo para fazer, e lavar o carro é uma excelente ocupação, principalmente se se trata de um carro grande e está razoavelmente sujo. É preciso tirar os tapetes para fora, os bancos; se você usar um aspirador de pó, a tarefa dura mais ainda, e, bem espichada, pode ir até o meio-dia. Correr também é uma boa, mas não são todas as famílias que permitem a seus chefes desaparecer no horizonte do Parque Marinha. Do meio-dia às duas, você tem o almoço. Um churrasco bem elaborado – se é você quem o faz – pode tomar ainda mais tempo; mas a espera num restaurante cheio também serve. Se há futebol à tarde, está pelada a coruja. Mas se chove... Ah, Deus não poderia ter inventado pior castigo para punir os viciados no trabalho do que um interminável domingo com chuva.

Chuva ou não, o domingo acaba passando, como você constatará ainda hoje. Logo a segunda-feira está aí, e os adoradores do trabalho poderão se refugiar nos seus templos, os escritórios, os consultórios, as lojas, e lá estarão às voltas com a reconfortante papelada, que nada mais é que a tradução dos deliciosos problemas capazes de absorver cada minuto de nossas vidas. O que seria da existência sem o trabalho, o exaustivo e benéfico trabalho que nos livra do suplício de pensar? Para muitos, o inferno deve ser feito de domingos.

Os intelectuais e o churrasco

Pode haver churrasco sem domingo, no Rio Grande, mas domingo sem churrasco é difícil, ao menos para aquela parte da população para quem comer carne não é apenas um exercício de imaginação. Faz parte das atribuições do chefe da família gaúcho: além de ganhar a carne com o suor de seu rosto, ele deve assá-la. Com o que sua mais ainda.

Há *jeitos e jeitos* de fazer churrasco. Há os que se aparelham *au grand complet* para a encenação: churrasqueira incrementada, espetos sofisticados; o carvão é feito de madeira especial, a carne é trazida da fronteira por um avião que pousa num aeroporto clandestino, para assegurar a exclusividade do fornecimento. Em compensação, há outros gaúchos que já não se movem com tanta desenvoltura. Foi o caso de um amigo meu, professor universitário, que convidou vários colegas para a inauguração de sua nova churrasqueira. "Churrasqueira" talvez seja força de expressão: era um buraco no pátio, rodeado por duas fileiras de tijolos. Mas, se o equipamento era modesto – e a carne, diga-se de passagem, fraca – grande era o entusiasmo do professor, que além disso podia confiar na caipirinha preparada por sua esposa, mestra nessas coisas.

O pessoal foi chegando, os professores com suas esposas, o papo estava animado, mas lá pelas tantas alguém ponderou que estava na hora de botar a carne no fogo. Só que não havia fogo: o professor tinha esquecido de comprar carvão. *Mas não é a gás, a churrasqueira?* – ele balbuciava, à guisa de desculpas, aliás, sinceras: para ele, acender o fogo implicava em torcer o botão e chegar o fósforo aceso ao bico. Uma operação, diga-se de passagem, que ele nem sempre conseguia realizar com êxito; absorto em seus pensamentos, às vezes queimava o dedo.

No primeiro momento o grupo ficou perplexo; em seguida, porém, se animaram: estavam diante de um desafio, eram todos pessoas cultas e inteligentes, saberiam resolver o problema. O professor de Ecologia, aliás, era contra o carvão, por causa da poluição; sugeria esterco de vaca, mas daí que arranjassem a vaca... O professor de Química propunha-se a preparar uma mistura altamente calorífica – desde que, naturalmente, lhe arranjassem os componentes e o laboratório. O professor de Física queria aproveitar o fato de o dia ser ensolarado:

– Se conseguirmos uma lente de suficiente diâmetro e convexidade, poderemos concentrar os raios solares de modo a produzir calor suficiente...

O professor de Antropologia tentava lembrar o modo como os índios preparavam carne crua; já a professora de Nutrição ponderava que a soja poderia substituir perfeitamente a carne.

Quem salvou a situação foi a empregada: enquanto discutiam, ela saiu e comprou o carvão. Depois acendeu o fogo e assou o churrasco. Que aliás estava muito bom. Legítimo churrasco de gaúcho.

Em cima do muro

Duas artes o brasileiro teve de aprender, por injunções óbvias: a de engolir sapos e de ficar em cima do muro. Em termos de deglutir batráquios nosso povo é mestre, mesmo porque muitas vezes não há outro alimento ao alcance. Engole-se por estas bandas sapos dos mais variados tipos, inclusive aqueles que, pelas dimensões, sugerem a possibilidade de príncipes encantados por ação de feiticeiras decerto familiarizadas com aquela estratégia do poder que consiste em dar sumiço nos adversários sem necessariamente acabar com eles. Aliás, quem engole sapo, engole príncipe, pois se nossos sapos não são príncipes (felizmente a monarquia foi abolida) correspondem pelo menos a chefes, diretores, mandatários dos mais variados calibres.

Ficar em cima do muro é mais fácil, mesmo quando a espessura do muro não passa de uns poucos milímetros, como sói acontecer. Mas é que as fórmulas para isto já estão desenvolvidas. Você não precisa ser necessariamente um equilibrista; é necessário contudo um bom jogo de cintura, o que se adquire com certa facilidade apertando o cinto – de novo, uma manobra a que os brasileiros estão acostumados a recorrer. Além disto é preciso manter um sorriso permanente (a teoria do sorriso permanente é algo que os sociólogos comparam à teoria da revolução permanente, de Trotsky). E sobretudo manipular adequadamente as frases que há séculos vêm sendo por aqui elaborados, do tipo "melhor que Vossa Excelência, só o sucessor de Vossa Excelência" e que deram a Minas Gerais uma fama que aquela região não conseguiu ter nem à época do ouro e das pedras preciosas. Preciosas são estas frases, sobretudo se usadas com a rapidez necessária, comparável à exigida de um pistoleiro no Velho Oeste (as circunstâncias, aliás, nem são muito diferentes).

A moda de debates políticos pela TV tem exigido muito, neste sentido. (Trata-se do equivalente local aos Contatos Imediatos do Terceiro Grau com a democracia – e por isso mesmo fascinantes). A qualquer hora o cidadão que está em cima do muro pode ser interpelado por vozes que vêm do terra a terra (temíveis, pelo bom-senso), ou lá de cima (temíveis, pelo mau senso) a respeito de um desses encontros. É preciso estar preparado:

– O que é que o senhor achou do debate entre os candidatos na televisão?

– Foi uma demonstração da maturidade política a que chegamos, em termos de governo, povo e meios de comunicação.

– E quem o senhor acha que venceu?

– Para mim quem venceu foi a democracia.

– O senhor é a favor da continuação desses debates?

– Claro, desde que haja clima para tal.

– E em qual dos candidatos o senhor votaria?

– Bem... (sorriso). O voto é secreto, não é?

Assim é o panorama, visto de cima do muro. Pode não ser muito autêntico, mas que é ameno, ah, isto é.

Fábula
SUBDESENVOLVIDA

Em crítica situação financeira, e pressionado pelo Fundo Monetário Internacional, certo país teve de adotar um rígido programa de controle demográfico. Como explicara o representante do Fundo:

– O problema é a cor de vocês. Vocês são pardo-amarelados. Desta cor já temos demais no mundo.

De modo que foi determinado: nenhuma criança mais poderia nascer naquele país.

Todos os métodos anticoncepcionais foram largamente difundidos e de fato, durante alguns anos, nenhum bebê nasceu. As pessoas iam morrendo, a população diminuía – mas nenhum bebê nascia (é verdade que a situação socioeconômica também não melhorava, mas isto é outra história). Até que um dia aconteceu o inesperado: a esposa de um marceneiro engravidou. A notícia gerou pânico na aldeia, e logo no país inteiro. Um bebê ia nascer! E agora? O que diriam os representantes do Fundo, se soubessem? Foi decidido: a mulher não poderia ter o filho, e ponto final.

Só que ela queria ter o filho. Era seu primeiro filho, e queria tê-lo. Foi o que disse ao marido.

Este, um homem humilde, a princípio ficou assustado com a ideia, mas depois resolveu apoiar a esposa. Teriam o filho, nem que para isso fosse preciso fugir.

Fugiram.

Fugiram, mas não foram longe. Não tinham andado muito, em lombo de jumento, quando a mulher começou a ter as dores do parto.

Bateram em várias portas – hotéis, pensões, hospedarias, casas de família – mas, tão logo as pessoas reconheciam a mulher, cujo retrato figurava nos jornais e nos noticiários de TV, recusavam-se a ajudá-los.

Por fim, o casal buscou abrigo num estábulo; e ali a mulher deu à luz um menino, que foi deitado sobre uma manjedoura.

A notícia, naturalmente, não pôde ser conservada em segredo. Vieram as rádios, os jornais, a TV.

A imagem do rechonchudo nenê, deitado sobre a palha da manjedoura, foi difundida, através de satélite, e provocou uma onda de comoção generalizada. Todo o mundo se comoveu com o nascimento da criança; e, nos países ricos, organizou-se um movimento de solidariedade que rapidamente foi ganhando força, atingindo proporções imprevistas. Aviões pousavam sem cessar no aeroporto da capital do país, despejando dignitários – reis, presidentes, ministros – que iam visitar o recém-nascido; ali, diante das câmeras de TV, anunciavam suas doações:

– Eu perdoo as dívidas que vocês têm comigo!
– Eu prometo repassar toda a tecnologia que vocês necessitam para se desenvolverem!
– Eu abro mão da remessa de lucros!
– Eu cancelo todas as tarifas protecionistas!

E assim, durante um certo período, o país pôde viver bem. Mas então o menino cresceu, chegou aos trinta e três anos, começou a ter certas ideias... Mas isto, naturalmente, já é outra história.

Não vai dar pé

— Os anciãos ainda devem se lembrar do famoso *jeitinho*. Que fim levou o *jeitinho*? Sumiu. A palavra de ordem agora é outra.

– *Sinto muito, mas não vai dar pé.*

– Mas como? No mês passado estava tudo certo!

– *Pois é. No mês passado. Mas o mês agora é outro. Não vai dar.*

– Mas de uma hora para outra!

– *Não, meu amigo, não é bem assim. Sabe lá de quanto tempo já vem esta coisa! Agora é tarde. Não vai dar, não.*

– Mas não dá mesmo para fazer nada?

– *Nada. Absolutamente nada. Não dá pé.*

– Mas e estas novidades que eles agora estão anunciando? Ainda ontem vi na televisão...

– *A televisão diz muita coisa. Agora, quero ver provar.*

– Mas dizem que lá em São Paulo...

– *Não sei de nada. Só sei que não vai dar.*

– Agora, nos Estados Unidos...

– *É outro país.*

– Mais adiantado.
– *Sem dúvida. Mas eles lá e nós aqui. E aqui não vai dar.*
– Dá vontade de ir lá. Só que é longe.
– *Um bocado longe.*
– Aqui, ó senhor acha que não vai dar? Sinceramente?
– *Sinceramente, acho que não vai dar.*
– Mas o senhor não vai querer que eu desista.
– *Eu não quero nada.*
– Eu acho que a pessoa não deve desistir. A gente tem de ter espírito combativo. É preciso confiar no tempo, no progresso. Uma coisa que hoje não tem solução amanhã poderá ter.
– *O senhor é quem está dizendo.*
– Mas... O senhor acha que não tem jeito, mesmo?
– *Eu acho que não tem jeito. Que eu saiba, não tem jeito.*
– Mas não é possível! Desculpe a minha insistência, mas não posso aceitar uma coisa destas como fato consumado. "Não tem solução. Pronto". Então é assim? Então as coisas desmoronam como castelo de cartas? Mas será que não se pode ter esperança? Será mesmo?
– *O senhor está gritando. Acalme-se. É melhor se acalmar.*
– Desculpe. Nem é do meu feitio ter estas explosões. Mas a gente perde a paciência. Veja o meu caso: sempre fui um sujeito direito, sempre procurei fazer as coisas com perfeição, nunca enganei ninguém.

Acho que posso exigir o mesmo tratamento para mim. Não é?

— *O senhor é quem está dizendo.*

— De modo que vou continuar procurando. Há de existir alguém que esteja por dentro, que possa dar uma solução. O senhor não me daria uma indicação?

— *Não. Não posso dar indicação alguma.*

— Mas ponha-se no meu lugar. E se fosse com o senhor?

— *O que é que tem?*

— Como é que o senhor se sentiria, se lhe dissessem que não há nada a fazer?

— *Ah, não sei. Como é que vou saber? Nunca estive numa situação destas.*

— Mas se o senhor estivesse nesta situação, o que faria?

— *Não sei lhe dizer.*

— Mas que barbaridade! O senhor não sabe nada?

— *O senhor está gritando de novo.*

— Me desculpe. Estou meio nervoso. Tive um dia cheio. E ainda mais isto, agora. É de esgotar a paciência de um mortal. O senhor não acha?

— *Não sei.*

— Bom, vou indo. Dia bonito, não é? Nem sei para que eu trouxe guarda-chuva. Um dia tão bonito. Pena que estas coisas aconteçam. Quer dizer que não vai dar para fazer nada, então?

— *Nada. Nada, nada. Não vai dar pé.*

Direto ao assunto

— Já se foi o tempo da conversa fiada. O mundo de hoje pertence aos homens (e às mulheres) que sabem o que querem e que falam pouco.
– *Estou à sua disposição. Mas tenho pouco tempo: vamos direto ao assunto.*
– Pois não. Sou repórter, e quero fazer uma matéria sobre gente que venceu na vida. O senhor...
– *Perfeitamente. Falemos disto, então. O segredo de meu sucesso tem várias causas. Em primeiro lugar. nunca deixei de me curvar para apanhar um alfinete; nunca deixei um clips jogado no cinzeiro.*
– E o caso das promissórias?
– *Não falemos disso agora. Sempre tive algumas regras: ao fazer negócios com alguém, procurava colocar-me no lugar deste alguém, pensar como este alguém, calcular como...*
– E o caso dos dólares?
– *Não falemos disso agora. Sempre vendi quando os outros compravam, sempre comprei quando os outros vendiam, sempre ri quando os outros choravam, sempre me alegrei quando se desesperavam...*

– E a importação de óleo?

– *Não falemos disso agora. Usei minha casa para receber pessoas importantes, meu sono para um repouso reparador, o rádio de meu carro para um astuto apanhado da realidade, a televisão para –*

– E o caso da incorporação?

– *Não falemos disso agora. Sempre me vesti bem, nunca deixei de trocar o carro –*

– Um momento. Não sou repórter, não. E tenho aqui neste envelope algumas coisas interessantes sobre as promissórias, os dólares, o óleo e o consórcio.

– *Falemos disso. Agora.*

Roubos de carros

O *Time* conta a seguinte história: em 1970 Hyman Horwitz, de Boston, teve roubado seu carro, um belo Buick Electra 1969. O pobre Hyman ficou tão pesaroso que se recusou a comprar outro automóvel e morreu um ano depois, talvez de desgosto. Agora, onze anos passados, a polícia americana achou o carro e o devolveu à viúva de Hyman. Que aliás não precisa mais se preocupar: durante a década que passou alguém teve a precaução de instalar no carro um dispositivo antirroubo. Boazinha. Mas acho que temos melhores. Eis as minhas quatro favoritas histórias de roubo de carro, todas acontecidas aqui no Rio Grande do Sul.

1. Uma senhora veio de Caxias e estacionou seu carro, um Fuca azul, na frente da Santa Casa, à época em que lá era permitido o estacionamento. Fez o que tinha de fazer no centro da cidade e depois voltou para apanhar o carro. Abriu-o, entrou, mas estranhou algo: o carro não parecia o dela. E não era o dela. Por incrível coincidência ela havia conseguido

abrir a porta de um outro Fuca azul, também com placa de Caxias – mas que não era o seu. Um pouco envergonhada, como acontece nestas ocasiões, saiu do carro e foi em busca de seu Fuca.

Não o achou. Percorreu a calçada de um lado para outro, a princípio intrigada e logo aflita, até que foi obrigada a aceitar a realidade: o seu Fuca não estava ali. Tinha sido roubado. Desesperada, dirigiu-se ao guarda à porta do Hospital São Francisco:

– Moço! Roubaram meu carro!

O guardião da lei ouviu toda a história, perplexo, tão apavorado quanto a senhora.

No final, saiu-se com uma proposta:

– Mas quem sabe a senhora leva esse carro que está aí? Se os dois são iguais, é só trocar depois.

2. A segunda história tem algo de macabro. Uma velha senhora faleceu aqui em Porto Alegre, mas tinha de ser enterrada numa cidade da fronteira. A família, que não tinha muitos recursos, resolveu levar o corpo de carro mesmo. A defunta era mirrada e o porta-malas – de um velho e grande carro americano – bastante espaçoso. Ali foram colocados os restos mortais, envoltos em plástico. Seguiram viagem de noite mesmo.

De madrugada, exaustos, pararam num restaurante para comer qualquer coisa.

Quando saíram, a desagradável surpresa: o carro tinha sido roubado. Com muita facilidade: o motorista, imprudentemente, deixara a chave na ignição, o que sem dúvida fora uma tentação demasiadamente grande para o ladrão. Nervosos, não sabiam o que fazer. Não era tanto pelo carro, afinal velho, caindo aos pedaços. Era mais pelo corpo, pela família que estava esperando. E agora? O que é que eles iam sepultar?

No dia seguinte, contudo, o carro foi achado à beira da estrada. É que o ladrão, aparentemente, resolvera abrir o porta-malas e dera de cara com o cadáver. A família acha que ele está correndo até hoje.

3. A terceira história é a de um homem que tinha um pequeno carro europeu do qual gostava muito – o que não impediu, é claro, que o veículo fosse roubado. O homem ficou inconsolável. Comprou outro automóvel, mas não era a mesma coisa. E o tempo passou. Um dia o homem estava caminhando por uma rua tranquila, próxima ao centro da cidade, quando de repente seu coração bateu mais forte: encontrara o carro, o seu carro. Estacionado. Mais: por uma incrível coincidência, ele estava com as chaves do veículo das quais (talvez por uma secreta esperança) jamais se separava. Não pensou duas vezes: entrou no carro, deu a partida e foi embora, tornando-se assim o primeiro ladrão a roubar o que de fato lhe pertencia.

4. A última história, finalmente, é a de um comerciante que, a conselho médico, estava deixando o automóvel de lado para andar a pé. O que não lhe era fácil; muito comodista, tinha de lutar contra o hábito de pegar o carro para os menores trajetos.

Um dia, ao sair da loja para ir para casa, não encontrou o carro no local onde o deixara. Procura daqui, procura dali, concluiu que fora roubado e avisou a polícia. Chegou em casa chateado. A mulher, alarmada, perguntou o que tinha acontecido. Ele ia responder que o carro tinha sido roubado, mas parou no meio da frase. Correu para a garagem, e lá, como suspeitara, estava o carro, que ele, obedecendo ao conselho do doutor, decidira não mais usar para ir ao trabalho.

A NOITE EM QUE OS HOTÉIS ESTAVAM CHEIOS

O casal chegou à cidade tarde da noite. Estavam cansados da viagem; ela, grávida, não se sentia bem. Foram procurar um lugar onde passar a noite. Hotel, hospedaria, qualquer coisa serviria, desde que não fosse muito caro.

Não seria fácil, como eles logo descobriram. No primeiro hotel o gerente, homem de maus modos, foi logo dizendo que não havia lugar. No segundo, o encarregado da portaria olhou com desconfiança o casal e resolveu pedir documentos. O homem disse que não tinha; na pressa da viagem esquecera os documentos.

– E como pretende o senhor conseguir um lugar num hotel, se não tem documentos? – disse o encarregado. – Eu nem sei se o senhor vai pagar a conta ou não!

O viajante não disse nada. Tomou a esposa pelo braço e seguiu adiante. No terceiro hotel também não havia vaga. No quarto – que era mais uma modesta hospedaria – havia, mas o dono desconfiou do casal e resolveu dizer que o estabelecimento estava lotado. Contudo, para não ficar mal, resolveu dar uma desculpa:

– O senhor vê, se o governo nos desse incentivos, como dão para os grandes hotéis, eu já teria feito uma reforma aqui. Poderia até receber delegações estrangeiras. Mas até hoje não consegui nada. Se eu conhecesse alguém influente... O senhor não conhece ninguém nas altas esferas?

O viajante hesitou, depois disse que sim, que talvez conhecesse alguém nas altas esferas.

– Pois então – disse o dono da hospedaria – fale para esse seu conhecido da minha hospedaria. Assim, da próxima vez que o senhor vier, talvez já possa lhe dar um quarto de primeira classe, com banho e tudo.

O viajante agradeceu, lamentando apenas que seu problema fosse mais urgente: precisava de um quarto para aquela noite. Foi adiante.

No hotel seguinte, quase tiveram êxito. O gerente estava esperando um casal de conhecidos artistas, que viajavam incógnitos. Quando os viajantes apareceram, pensou que fossem os hóspedes que aguardava e disse que sim, que o quarto já estava pronto. Ainda fez um elogio:

– O disfarce está muito bom. Que disfarce? perguntou o viajante. Essas roupas velhas que vocês estão usando, disse o gerente. Isso não é disfarce, disse o homem, são as roupas que nós temos. O gerente aí percebeu o engano:

– Sinto muito – desculpou-se. – Eu pensei que tinha um quarto vago, mas parece que já foi ocupado.

O casal foi adiante. No hotel seguinte, também não havia vaga, e o gerente era metido a engraçado. Ali perto havia uma manjedoura, disse, por que não se hospedavam lá? Não seria muito confortável, mas em compensação não pagariam diária. Para surpresa dele, o viajante achou a ideia boa, e até agradeceu. Saíram.

Não demorou muito, apareceram os três Reis Magos, perguntando por um casal de forasteiros. E foi aí que o gerente começou a achar que talvez tivesse perdido os hóspedes mais importantes já chegados a Belém de Nazaré.

O DIA SEGUINTE

Se há alguma coisa importante neste mundo, dizia o marido, é uma empregada de confiança. A mulher concordava, satisfeita: realmente, a empregada deles era de confiança absoluta. Até as compras fazia, tudo direitinho. Tão de confiança que eles não hesitavam em deixar-lhe a casa, quando viajavam.

Uma vez resolveram passar o fim de semana na praia. Como de costume a empregada ficaria. Nunca saía nos fins de semana, a moça. Empregada perfeita.

Foram. Quando já estavam quase chegando à orla marítima, ele se deu conta: tinham esquecido a chave da casa da praia. Não havia outro remédio. Tinham de voltar. Voltaram.

Quando abriram a porta do apartamento, quase desmaiaram: o living estava cheio de gente, todo o mundo dançando, no meio de uma algazarra infernal. Quando ele conseguiu se recuperar da estupefação procurou a empregada:

– Mas que é isto, Elcina? Enlouqueceu?

Aí um simpático mulato interveio: que é isto, meu patrão, a moça não enlouqueceu coisa alguma, estamos apenas nos divertindo, o senhor não quer dançar também? Isto mesmo, gritava o pessoal, dancem com a gente.

O marido e a mulher hesitaram um pouco; depois – por que não, afinal a gente tem de experimentar de tudo na vida – aderiram à festa. Dançaram, beberam, riram. Ao final da noite concordavam com o mulato: nunca tinham se divertido tanto.

No dia seguinte, despediram a empregada.

A UM BEBÊ COM CÓLICAS

Cólicas doem, meu filho, eu sei disto. Teu pai, que como outros adultos, sofreu de cólicas do lactente até os trinta, trinta e cinco anos de idade, sabe que esta é uma das poucas coisas capaz de levar a pessoa com urgência ao divã do analista. É que a cólica é a primeira forma dessa weltschmerz (nada como uma boa palavra alemã para sofisticar um texto), dessa dor de mundo, que, no decorrer da vida e conforme a pessoa vai mudando de lugar: em uns dói a cabeça (há coisa mais terrível que a enxaqueca?) em outros é o dorso, a lombalgia de quem não aguenta o peso do mundo. Ou então os olhos, cansados de ver tanta coisa ruim. Ou os pés. Ou o peito.

Da cólica, porém, a gente não esquece. É a primeira dor, e essa a gente lembra como o primeiro amor. É uma forma de reagir à estranheza do mundo, simbolizada no alimento, e a esta forma um adulto saudoso voltará sempre. Em *O Deus que Falhou* o inteligente e safado Arthur Koestler conta a história de sua briga com o Partido Comunista; lá pelas tantas, resolveu se reconciliar com seus camaradas e mandou-lhes um telegrama com o verso de Schiller – Eu vos abraço, milhões – e a enigmática frase: estou curado de todas as dores de barriga. Dor de barriga, explica Koestler, era a expressão com que nos referíamos às dúvidas quanto à justeza da linha partidária.

Viste? Se Koestler pôde ter dor de barriga, se Kruschev, Tito, os dissidentes soviéticos, os chineses, se este pessoal todo pôde ter dor de barriga, por que um bebê não pode chorar de cólica? Chora, meu filho, chora sem medo: o titio Koestler chorou e ganhou muito dinheiro com isto.

Há uma outra razão pela qual a gente lembra com saudade as cólicas da infância: o remédio. Não, não me refiro a essas gotinhas de gosto amargo, cuja venda faz a alegria da indústria farmacêutica. Estou me referindo à massagem, a mão da mamãe ou papai pressionando suavemente a barriguinha, ajudando a empurrar para fora os gases malvados que incomodam o nenê (desses gases, estou convencido, são feitos os espectros que nos povoam os pesadelos infantis).

Sim, a gente lembra com carinho essa mão, e muitas vezes se desejaria que ela voltasse. O que é impossível: basta observar que o sentido percorrido pela mão que massageia é o dos ponteiros do relógio, que é o sentido do trajeto intestinal, mas que tem também um significado simbólico: lembra-nos que o tempo passa, que os dias e as noites se sucedem, as semanas, os meses – e que chega o tempo de enfrentarmos sozinhos as nossas dores de barriga. Portanto, chora, meu filho, chora enquanto tens direito. Mas de preferência, não de madrugada, está bem?

Uma fábula para os nossos dias

Recentemente foi realizado em Bruxelas um ato público tendo como objetivo protestar contra a escalada armamentista e contra os conflitos que têm eclodido em vários pontos do globo. O *meeting* ocorreu num teatro, que não era muito grande, mas estava lotado. Os oradores sucederam-se na tribuna; e particularmente veemente foi o último deles, um velho e respeitado professor de física, que se deteve a descrever os horrores de uma guerra atômica. Enquanto falava, levantou-se um homem na segunda fila, dirigiu-se à tribuna, e diante dos espantados circunstantes sacou de um revólver e desfechou cinco tiros no professor, que caiu.

O pânico e a confusão se estabeleceram, todos querendo sair; mas de repente o homem gritou:

– Esperem! Esperem um instante!

Voltaram-se para a tribuna: lá estava ele, e a seu lado, o professor, sorridente. O homem então explicou que aquilo não passava de encenação – os cartuchos eram de pólvora seca visando dar uma demonstração dramática, e portanto didática, das táticas selvagens e traiçoeiras dos belicistas. Enquanto falava, levantou-se um homem na terceira fila; aproximou-se da tribuna, sacou de um revólver e baleou o orador e o professor.

De novo pânico e confusão, de novo os espectadores correndo para a saída; e de novo:

– Esperem ! Esperem um instante!

Voltaram-se os espectadores para a tribuna, e lá estavam os dois homens, os que tinham atirado, e mais o professor, os três sorrindo; o segundo pistoleiro então explicou que, de novo, aquilo não passava de encenação visando dar uma demonstração dramática, e portanto didática, das técnicas selvagens e traiçoeiras dos belicistas. Enquanto falava, levantou-se um homem na sexta fila; aproximou-se da tribuna, sacou de um revólver e baleou o orador, o seu companheiro de encenação e o professor. O pânico e a confusão desta vez não foram tão intensos; as pessoas dirigiram-se para a saída, mas sem muita pressa; e quando o homem gritou que esperassem voltaram tranquilamente a seus lugares. O terceiro pistoleiro então explicou que aquilo não passava de encenação, etc. E aí levantou-se um homem na quinta fila.

Sucederam-se as encenações, os tiros e depois as explicações. Só que as pessoas que procuravam a porta agora saíam mesmo; já era tarde, aquilo estava ficando maçante. Por fim, restava apenas um espectador na plateia – embora o palco a esta altura estivesse cheio de gente, o professor e os pretensos pistoleiros. O último destes estava explicando que tudo não passava de encenação, etc., quando levantou-se de seu lugar, na vigésima fila, o espectador solitário, aproximou-se da tribuna e alvejou o orador e todos os que o rodeavam, usando para isto uma metralhadora. Feito o quê, foi embora.

Não havia mais ninguém, como foi dito. Portanto ninguém foi até o palco verificar se os homens estavam morrendo. E eles acabaram mesmo morrendo, o que aconteceu em minutos ou anos.

O FILHO DA EMPREGADA

O filho da empregada é sempre mais velho que o nosso filho. Mesmo quando é mais moço, é mais velho. O filho da empregada já nasceu velho. É um menino velho. Seu sorriso triste é muito antigo. Vem da época dos servos, dos escravos, de antes, talvez.

O filho da empregada vem de muito longe. No mínimo tem de tomar dois ônibus até chegar à casa da patroa de sua mãe. O filho da empregada passa grande parte de sua infância andando de ônibus. Pela janela do ônibus ele vê a vida passando: as casas da vila, primeiro, e depois os edifícios de apartamentos, os supermercados, as lojas. Que tesouros, nestes lugares! O filho da empregada sabe disto porque vê televisão, na casa da patroa, ou mesmo no quarto alugado em que mora com sua mãe. Dos alimentos deliciosos, dos brinquedos engenhosos, das roupas finas, disto tudo sabe o filho da empregada. Ele é um deslumbrado: admiração é um constante componente de seu olhar, junto com aquela tristeza arcaica, ancestral. Mal entra na casa da patroa, o filho da empregada já começa a se maravilhar, porque lá há sempre coisas novas: um novo quadro na parede, um novo carro em frente à porta. Mas o filho da empregada não gasta logo toda sua admiração; guarda-a para o instante decisivo em que entra no quarto do filho da patroa.

O filho da empregada brinca com o filho da patroa. Porque a patroa é democrática, é compreensiva, é humana. Mais que isto, é culta e avançada: ela quer que seu filho brinque com o filho da empregada para que experimente assim uma experiência nova, para que aprenda a conviver com todo tipo de pessoa. De modo que, mal chega, o filho da empregada é conduzido por uma mão cálida e enérgica ao quarto do filho do dono da casa. À saudação entusiasta, responde com um tímido oi. E já está olhando para todos os lados...

Que emoção ele sente! Tudo que viu na TV, todos os brinquedos recém-anunciados, ali estão. Coisas mecânicas e eletrônicas, jogos e quebra-cabeças, livros de vários tipos e formatos. *Agora vocês vão brincar* – diz a mãe do garoto, e se vai. O filho da empregada ali fica, imóvel, à porta do céu. O filho da patroa não parece perceber esta hesitação. Ele quer brincar; apanha dois revólveres e vai logo comandando, este é meu, este é teu; eu era o mocinho, tu, o bandido.

A esta distribuição de papéis o filho da empregada nada pode objetar; é quase um destino manifesto. Aceita a arma que lhe toca, de calibre menor e quebrada; com ela fará o melhor que pode; mas vive mal o seu papel, o que lhe vale ásperas censuras: *assim não! Tu tinhas de morrer!*

Morrer é uma coisa que o filho da empregada sabe fazer bem; baleado, ele cai de borco e ali fica, imóvel sobre o tapete, tal como o cadáver que um dia viu na vila em que mora. Tão bem morre que às vezes até dá inveja ao filho da patroa. Agora eu sou o bandido, diz o garoto, e ordena que troquem de armas.

Assim brinca, até a hora do lanche – uma torrada que o filho da empregada, embora advertido pela mãe (*olha os modos, guri*), devora: é a melhor refeição de sua semana. E depois vem TV. E às vezes acabam adormecendo, lado a lado sobre o tapete. E aí são dois garotos dormindo. Os sonhos são diferentes, claro; mas de qualquer maneira são sonhos, e para os fins de um final feliz podemos considerar que os sonhos de um garoto adormecido são exatamente iguais aos sonhos de outro garoto adormecido, não importando quem é o filho da empregada, quem é o da patroa.

O PICARETA

Uns estão por cima, outros por baixo. Às vezes os que estão por cima descem e os que estão por baixo sobem. O intelectual afunda, o técnico emerge. O artista desce, o empresário sobe.

Mas, e os que estão no meio, nos interstícios? Destes, pouco se fala: dos que se movem por canais estreitos, por veredas sinuosas; dos que se equilibram precariamente. Do *picareta*, por exemplo. Não há como a linguagem do povo para esculpir uma palavra à imagem exata de sua conotação. *Picareta*: o termo é perfeito para designar o tipo. Nenhum outro instrumento ou ferramenta serviria para o apelido. Martelo? Não extrai nada, o martelo. A torquês é capaz de extrair um prego, mas desde que a cabeça esteja aparecendo; a pá retira terra aos montes, misturando tudo. A picareta é que vai ao lugar exato, tira aquilo que parecia impossível tirar. Seu ponto de aplicação é perfeitamente definido; seu golpe, vigoroso. Foi uma picareta que matou Trotsky (felizmente os *picaretas* de hoje são menos sanguinários).

A única coisa errada com a palavra é o gênero. Deveria ser masculino, já que a maioria dos *picaretas* são homens; a estes compete, por enquanto, cavar a vida. São eles que têm de saltar da cama de manhã, sobressaltados, se perguntando, atordoados, quem são, o que pretendem, e onde o conseguirão; são eles que têm de tomar café ligeiro e se vestir.

Vestir-se – aí começa o ritual. Um *picareta* não pode se apresentar mal. Nem bem demais. Não tão sóbrio que pareça retrógrado, nem tão colorido que aparente leviandade. Tais os parâmetros que regulam a cor da camisa e da gravata, a largura da lapela do casaco, a altura do salto dos sapatos. Independente disto, há um acessório que o *picareta* carrega sempre: uma vistosa pasta. Pasta todo o mundo tem, a diferença está no conteúdo. Em sua pasta, o *picareta* leva prospectos memoriais descritivos, contratos em branco, promissórias, papel timbrado, muitas canetas, cigarros americanos e pastilhas de hortelã (mau hálito, o grande inimigo).

Com este equipamento o *picareta* lança-se à aventura do quotidiano, cujo cenário é, em geral, o centro da cidade. Durante horas o *picareta* palmilhará ruas, subirá e descerá por elevadores, encontrará dezenas de amigos e conhecidos, tomará centenas de cafezinhos, fumará milhares de cigarros e sobretudo falará; falará sobre negócios de milhões, envolvendo poderosos grupos e interesses multinacionais. E neste contexto oferecerá à venda carnês, ou ideias, ou títulos, ou ações. Qualquer coisa, porque uma das características do *picareta* é ser inespecífico. Evolui com desenvoltura por muitas áreas de atividade – o que o distingue do técnico. À diferença do intelectual – que embora abarque com o olhar amplos horizontes tem de pairar no limbo à espera de que alguém o chame – o *picareta* tem os pés firmemente apoiados na terra. Sabe muito bem que no final das contas toda papagaiada pode e deve ser traduzida em cruzeiros – e acredita nestes, embora não desacredite totalmente de sua própria conversa. O *picareta*: um visionário, um cínico? Talvez ambas as coisas. De qualquer maneira um teimoso: não volta para casa sem ter amarrado alguma coisa, sem ter montado um esquema, sem ter participado numa composição de forças.

Quando volta para casa – noite fechada – vem desfeito, a gravata torta, a boca amarga. Entra, atira a pasta a um canto, joga-se na poltrona; levanta-se apenas para comer, sem apetite, e volta para a frente da TV. Assiste ao jornal (precisa estar a par do que se passa no mundo), ao programa humorístico, à novela, ao filme. Lá pelas tantas adormece. Sonha com a infância: é menino, corre de pés descalços pelo campo – sem gravata, sem pasta, corre pelo prazer de correr.

Acorda com frio. Desliga o televisor, arrasta-se para a cama. Deita-se ao lado da esposa que ressona. Tem mais algumas horas de sono. Logo o despertador tocará. Ao lado da cadeira a pasta o espera, imóvel.

Ata de reunião

Na reunião resolveu-se que uma reunião definitiva para resolver o assunto só poderia ser feita após uma série de reuniões preparatórias que definissem a agenda da reunião definitiva, havendo a possibilidade de que esta se desdobrasse em uma série de reuniões denominadas, provisoriamente, de reuniões pré-definitivas. Para preparar as reuniões preparatórias foi decidido formar uma comissão de seis membros. Na falta de consenso sobre nomes, decidiu-se formar uma comissão menor, de três membros, que, após as competentes sondagens, constituiria a comissão das reuniões preparatórias. A comissão de três membros (designada, de imediato, de comissão de três membros pela unanimidade de seus participantes, que também consideraram desnecessária uma reunião para escolher outra denominação) se reuniu logo após a reunião e deliberou marcar uma outra reunião com a finalidade de elaborar um regimento interno, provisório, destinado a regulamentar o funcionamento das reuniões – de todas as reuniões, se possível, segundo expressou, num rasgo de entusiasmo, um dos integrantes da reunião. A comissão de três membros pretende se reunir para examinar modelos de regimentos internos de outros países e de outras eras geológicas, num trabalho que se pretende definitivo.

Ainda que não se tenha chegado a um acordo sobre a época, a duração, a agenda e a forma de execução da reunião definitiva, que, como foi dito anteriormente, muito provavelmente se desdobrará em uma série de reuniões definitivas, já parece certo que, após a última destas reuniões, deverá ser marcada uma reunião de avaliação das conclusões das reuniões definitivas. Uma comissão de quatro membros já está sendo constituída para isto e já se reuniu para discutir a metodologia de avaliação. O tema das reuniões definitivas foi confirmado: *Técnica de Reunião e suas Aplicações Práticas na Área do Lazer e da Recreação*. Todas as reuniões, contudo, foram adiadas para depois das férias, período em que os participantes terão seu merecido lazer. E recreação.

História canina

O milionário Raimundo tem costumes estranhos... É o que todo mundo diz. Mas há razões para isto. O milionário Raimundo foi um menino pobre. O mais novo dos oito filhos de um pedreiro, não raro ia para a cama sem comer. Vestia trapos. Não estudou. Seu único brinquedo era uma lata de conservas vazia. E assim viveria, e morreria, se o Destino não tivesse interferido em sua existência, através da viúva Tavares.

A viúva Tavares morava num casarão não muito distante do casebre da família de Raimundo. Era uma mulher imensamente rica; esquisita; uma solitária que vivia com seu cachorro Rex. A este enorme cão dedicava o melhor de suas afeições, não só por apreciar sobremaneira a raça policial como também porque, sendo cega, encontrava em Rex um guia fiel e prestimoso. Mas Rex era brincalhão, e este traço do caráter custou-lhe a vida. Uma tarde – a viúva Tavares estava dormindo – resolveu sair para explorar as redondezas. Encontrou o menino Raimundo, que fazia rolar pela calçada a sua lata de conservas vazia e quis participar na brincadeira. Abocanhou a lata e ficou olhando para o garoto, sacudindo o rabo desafiador. Rápido como um raio, Raimundo passou a mão em meio tijolo e atirou no cachorro, acertando-lhe bem no meio da testa. Rex tombou sem um gemido.

O pedreiro, que voltava naquele instante, ficou furioso; liquidar o cachorro de uma cega, aquilo não era coisa que se fizesse. Teve, contudo, uma inspiração. Resolveu tirar proveito do infeliz incidente; poderia enganar a velha e ao mesmo tempo arranjar comida para o filho e talvez até para a família inteira. Levou o cachorro morto para casa, esfolou-o cuidadosamente e fez Raimundo vestir a pele. O garoto a princípio não queria, mas o pai ameaçou-o com uma surra de quebrar os ossos e ele teve de se resignar. A pele assentava-lhe à perfeição. Daí por diante ele seria Rex, o cão da viúva Tavares. O pedreiro confiava em que a cega não notaria a diferença, e de fato não se enganou: a velha recebeu com júbilo seu pseudocachorro. Logo Raimundo aprendeu a imitar o latido de Rex, que aliás conhecia bem, e a fazer festinhas na velha, o que era para ele a parte mais desagradável da encenação. Em compensação tinha agora boa comida (só não gostava da ração que a viúva comprava de vez em quando) e dormia num tapete macio, na cama ao lado da dona. Ao mesmo tempo, não esquecia a família; volta e meia, quando a velha cochilava, ele dava uma escapada e levava para os irmãos parte de sua comida.

Os anos passaram, e a viúva jamais notou o engano. Ou, se notou, fez que não notou. No devido tempo, morreu; e, em seu testamento, deixou tudo para seu fiel Rex. O pedreiro consultou então um advogado; sob orientação deste, Raimundo deixou de lado o disfarce e revelou-se como o verdadeiro Rex. A questão tramitou na Justiça – um parente distante da viúva era também pretendente à herança – mas o juiz acabou dando ganho de causa a Raimundo: já que ele arcara com o ônus de ser cão, tinha direito agora às vantagens da posição.

O resto é fácil imaginar. Orientado pelo esperto advogado, Raimundo aplicou bem o dinheiro da herança e, aos vinte anos, era milionário. E não parou mais de enriquecer.

Uma vez por ano dá uma grande festa. Convida banqueiros, empresários, políticos; ninguém se atreve a faltar, e aliás, trata-se de um banquete suntuoso, regado com os melhores vinhos. Em determinado momento, levanta-se o milionário Raimundo; pega o microfone; quando todos esperam que ele faça um discurso, põe-se a latir como um cão. E late uns bons três minutos.

É inusitado, mas todos aplaudem. E por que não haverão de aplaudir? Afinal, sabe-se, o milionário Raimundo tem costumes estranhos.

Memória implacável

Ele desconfiava que a mulher o traía, mas, por incrível que possa parecer, não dava muita importância a isto. Gostava dela, sabia que ela gostava dele; imaginava, portanto, um caso passageiro, dessas coisas que o tempo se encarrega de sepultar. E tudo talvez tivesse terminado bem, não fosse o telefone.

Era um telefone novo, que ele tinha comprado aliás a pedido dela – era adepta de inovações. Um telefone de teclas e com uma memória capaz de registrar o último número discado. Uma memória que, diferente da esposa, era extremamente fiel.

Um dia ele chegou em casa e a encontrou ao telefone, falando baixinho com alguém. Tão logo ela o viu desligou, perturbada. Ele notou; é o cara, pensou. Podia não ter dito nada; podia ter perguntado aquelas coisas que maridos e esposas perguntam – como foi o teu dia, muito trabalho, etc. Mas não, movido por um súbito, e seguramente maligno, impulso ele perguntou com quem ela falava. Com a costureira, foi a gaguejada resposta. Ele não disse nada. Sentou na poltrona e ficou olhando TV. Ela foi preparar o jantar.

Foi então que ele se lembrou da memória. A memória dele se lembrou da memória eletrônica. Talvez fosse uma função desta última, uma propriedade desconhecida até para os fabricantes; uma capacidade de lembrar, mediante misteriosos impulsos, a memória humana da existência da memória eletrônica. O certo é que de repente ele se sentiu irremediavelmente atraído para o telefone. Ainda tentou resistir – não, eu não devo fazer isto, não é justo – mas já era tarde: seu dedo indicador, duro dedo aliás, já comprimia a tecla de repetição da chamada. Aguardou, enquanto a discagem automática se processava; e pelo número de estalinhos quase podia deduzir o número que estava discando – isto é, que a memória estava discando – e quase podia jurar que conhecia aquele número. E conhecia mesmo, como conhecia a voz que atendeu, impaciente:

– Pronto.

Pronto: ele não precisava mais nada. Mas mesmo assim resolveu insistir, talvez com a esperança de que fosse engano, que o maldito dispositivo eletrônico tivesse errado – uma vez, pelo menos uma vez! Disfarçou a voz:

– Quem é?

A voz do outro lado tornou-se suspeitosa:

– Com quem o senhor quer falar?

Sempre fora desconfiado, o Fernando, e agora confirmava. Não, ele não diria seu nome.

– É da casa da costureira?

O outro explodiu:

– Que casa da costureira, seu! Aqui é o Doutor Fernando! Alô! Alô?...

Ele desligou, silenciosamente. Voltou-se: a esposa estava ali, pálida. Tremia tanto, que deixou cair a sopeira que tinha nas mãos, e que se partiu em mil pedaços no chão encerado.

– Me perdoa – ela murmurou. – Pelo amor de Deus, me perdoa.

Ele não disse nada. Sem uma palavra, começou a juntar os cacos do chão. Para jogá-los no lixo, naturalmente: colá-los seria impossível.

Como impossível seria esquecer. Como a memória eletrônica, ele não poderia esquecer.

Data certa

— Afinal, quando pretendes morrer? – perguntou a mulher, passando manteiga no pão.
– Não sei ainda – respondeu o marido, pensativo.

Tomou um gole de café e acrescentou:
– O médico disse que estou melhorando.

– Estes médicos! – a mulher largou a faca na mesa. – Só servem para desorientar a gente. Ele está cansado de saber que estás com câncer. E então? Não poderia dizer uma data? Ao menos aproximada!

O homem não respondeu. Tomou mais um gole de café e eructou dolorosamente. A mulher observa-o com atenção.

– Bem – disse. – Pelo menos, algumas coisas estão encaminhadas.

– É verdade – respondeu o marido. – Hoje o Bruno vai me dizer se quer comprar a minha parte na firma ou não.

– O Jorge quer saber se vais deixar o carro para ele.

— Não sei... — o homem brincava com a colher. — O Jorge é um bom menino. Mas acho que poderias fazer melhor negócio vendendo o carro e aplicando o dinheiro.

— Letras de câmbio? Já pensei nisto.

— Ou em títulos da dívida pública. Será um bom negócio. Fez-se um pequeno silêncio.

— Mas é como eu te digo — tornou a mulher, aborrecida. — Tudo está dependendo da data de tua morte.

— Eu gostaria que fosse em abril — murmurou o marido, olhando pela janela da cozinha. As macieiras começavam a florir; um cãozinho branco brincava na grama.

— Por quê? — perguntou a esposa, examinando com atenção uma fatia de salame.

— Nasci em abril. Na fazenda... Meus pais tinham uma fazenda... Cresci lá, brincando no mato.

— Abril — afirmou a esposa — é um bonito mês, no nosso hemisfério.

— É — concordou o marido. — Nem frio, nem quente.

— E o empréstimo? Pagaste?

— Vou pagar daqui a quinze dias.

— Vê lá... — advertiu a mulher. — Não me deixa dívidas.

— Não há perigo — assegurou o marido. — Em último caso, o seguro paga tudo.

— Eu não gostaria de mexer no dinheiro do seguro. Preferia pô-lo a juros.

– Vais vender as minhas roupas? – perguntou o marido olhando pela janela.

– Alguma coisa. O Jorge quer o roupão.

– Vai ficar grande nele.

– Reforma-se.

O marido tomou mais um gole de café, engasgou-se e tossiu. Seu rosto se contraiu de dor. Tinha câncer. E não era conto, não. Era verdade.

Decisão

Um homem vai ao médico para saber o resultado do exame; chocado, ouve o veredicto: aquilo que mais temia aconteceu, o exame revelou câncer. Quanto tempo me resta, pergunta o homem, a voz trêmula. Não muito, responde o médico, penalizado mas decidido a nada ocultar: não adianta varrer a sujeira para baixo do tapete. Não refeito do golpe, o homem sai à rua. O sol brilha, as pessoas caminham apressadas, mas ele já está longe de tudo, sente-se como encerrado numa espessa redoma de vidro na qual não penetram os ruídos nem os odores. Mas o homem não se deixará abater; reagirá, é o que resolve. Já que tem pouco tempo de vida, fará as coisas que sempre teve vontade de fazer. A primeira delas: vai ao escritório onde está empregado como contador e manda o patrão, que o oprimiu durante anos, à merda. Antes que o homem se refaça da surpresa, ele sai, não sem dizer à secretária que ela é muito, muito boa, ao que ela reage admirada, mas não desagradada. Volta para casa, conta à mulher o que aconteceu. Ela chora naturalmente, pergunta o que ele pretende fazer. Nada, ele diz. Pescar. Sempre gostou de pescar, e é o que fará agora: irá para a praia, passará os dias pescando.

Nem chega a arrumar os caniços. O telefone toca: é o médico, aflito mas alegre. Trocaram os exames no laboratório, ele anuncia, você não tem câncer, é uma simples inflamação.

Uma simples inflamação: o homem deixa-se cair na cadeira, perplexo. Que fará agora? Agora, que mandou o patrão longe, agora que pretendia passar os dias pescando (se possível, isto ele só pensou, acompanhado da secretária boa)? Que fará agora, pensa, aterrorizado, agora que não tem câncer?

Amostra
significativa

Ah, as prévias eleitorais. São inevitáveis estas tendências de querer fazer falar as urnas antes do tempo. E se outra utilidade não têm, servem pelo menos para demonstrar que os números são dóceis: há resultados para todos os gostos. É só dimensionar o tamanho da amostra, modular o tom da pergunta, organizar sabiamente as tabelas e os gráficos, e pronto: é a ciência que falou. Gaia ciência, como dizia Nietzsche. Fascina, entre outras razões, porque dá a ideia de que se pode facilitar as coisas.

Isto me faz lembrar o ocorrido num pequeno país da América Latina, cujo governo – provisório – estava colocado diante de um dilema: precisava fazer eleições, havia pressões poderosas neste sentido, mas ao mesmo tempo não tinha recursos para o pleito. O ditador que governara o país durante décadas tinha fugido com todos os recursos do Tesouro.

Veio então a ideia de proceder à eleição do novo presidente por meio de uma amostra significativa da população, selecionada de acordo com a verba de que o Tribunal Eleitoral dispunha. Seria preciso, naturalmente, conseguir a concordância dos partidos, que eram muitos e se digladiavam ferozmente. Mas, surpreendentemente, os líderes se puseram de acordo. Provavelmente pensaram, com muita sabedoria, que seria melhor uma eleição por amostragem do que nenhuma eleição.

O Tribunal Eleitoral convocou então um famoso estatístico para proceder à seleção da amostra. Era um homem muito competente, tanto que os partidos aprovaram-no sem restrições, mas criou um problema logo de saída: seus honorários equivaliam à verba disponível para todo o processo eleitoral. Pago o estatístico, não sobraria um centavo. Não daria para comprar uma única cabina, nem uma urna, nada. E o governo provisório recusou-se peremptoriamente a aumentar a dotação do Tribunal Eleitoral, que se viu forçado a solicitar ao estatístico que escolhesse uma amostra bem pequena.

O homem pôs-se a trabalhar. A primeira amostra que propôs era de umas duzentas pessoas; o Tribunal achou muito. O estatístico baixou para oitenta. Ainda era muito. Trinta. Muito. Mas então vocês querem uma amostra de uma pessoa só, disse o estatístico. Mais ou menos isso, responderam os membros do Tribunal.

O estatístico era um técnico, e os técnicos estão acostumados a engolir sapos. Pesquisou, pesquisou, e por fim encontrou a pessoa que representava o habitante típico daquele país.

Era um homem, portanto representava o sexo masculino; mas, meio bicha, podia falar também pelas mulheres. Já tinha uma certa idade – raciocinava como um velho – mas tinha dentadura nova. Mulato e com traços indiáticos, traduzia bem a composição étnica da população.

Católico, mas não avesso aos ritos africanos, tinha uma ética que podia ser considerada protestante e falava umas palavras em iídiche. Materialmente era pobre, mas espiritualmente podia ser considerado rico. E tivera várias profissões na vida. Suas ideias podiam ser consideradas como resultantes de um ecletismo pragmático. Tinha cabelos de várias cores, um olho castanho e outro esverdeado.

Este eleitor supremo foi apresentado ao Tribunal que o aprovou entusiasticamente. E aí se realizou a eleição.

Perguntaram-lhe quem deveria ser o presidente do país. A resposta veio rápida:

– Eu.

Alguns juízes pensaram não ter entendido bem, mas de repetiu, convicto:

– Eu. Eu mesmo.

Não havia outro jeito. Declararam-no eleito e empossaram-no na hora. Seu primeiro ato foi baixar um Decreto, declarando ilegal a estatística e proibindo para sempre as eleições no país.

Um caso de honestidade

Laurêncio, o mais antigo funcionário da firma, era um modelo de honestidade. Era o que todos diziam, e era o que ele repetia, orgulhoso: Sou um modelo de honestidade. Sempre cumpri meu horário, nunca desviei do escritório sequer uma folha de papel. E não só era honesto, como inclusive vigiava os outros, tendo já denunciado ao chefe numerosos funcionários que surrupiavam material.

Uma noite, em casa, Laurêncio teve um choque. Preparava sua declaração de imposto de renda, quando de repente se deu conta: o lápis que estava usando era do escritório. Sem se aperceber, ele o trouxera para casa – há uma semana, ou dez dias, já não lembrava bem. Ele, o funcionário modelo, levara para a própria residência um objeto que não lhe pertencia, que era patrimônio da empresa, que só deveria ser usado a serviço da empresa!

Laurêncio sentiu-se corar de vergonha.

Claro, poderia devolver o lápis no dia seguinte. Mas a verdade é que a coisa acontecera; ele tinha cometido um deslize. Além disto, o erro já não podia ser inteiramente reparado.

Porque já fazia dias que vinha usando o lápis. Apontara-o várias vezes, com o resultado de que agora estava reduzido a um toco. Algumas aparas ainda estavam no cesto de lixo, mas mesmo que pudesse colá-las de novo no lápis, faltaria um bom pedaço. E ainda havia o grafite.

Como reconstituir o grafite? Ele agora se transformara em numerosas letras e algarismos. Talvez raspando-o do papel...

Inútil. Como inútil seria comprar outro lápis. Outro lápis não seria o mesmo lápis; devolver não é a mesma coisa que não desviar. A falta, ainda que pequena, tinha sido cometida; Laurêncio já não era um modelo de honestidade, ao menos a seus próprios olhos. Já não tinha cara de enfrentar seus chefes. Mandou uma carta pedindo demissão.

Arranjou outro emprego. Mas não conseguia trabalhar direito, a lembrança do lápis perseguia-o, sequer o deixava dormir. Chegou a uma conclusão: precisava ser punido. Mas quem o puniria por causa de um lápis? Absurdo. Precisava de uma coisa maior. Deu um desfalque na firma e ficou aguardando que o mandassem para a cadeia.

Mas não o prenderam. Involuntariamente ou não, fizera a coisa tão bem feita que ninguém descobriu nada. Surpreso, mudou de firma, deu outro desfalque: nada. Dentro em breve estava dando um golpe atrás do outro, com a maior desenvoltura e habilidade. Ficou milionário.

Cheio de amigos, dava festas memoráveis em sua mansão. Delas, os convidados saíam com uma lembrança: um lápis em ouro maciço. *É uma dívida que estou pagando*, explicava Laurêncio com um sorriso misterioso.

LACUNAS

Sentimos falta de coisas. Deus sentiu falta do mundo, e criou-o; só então pôde descansar. Cadê a água que estava aqui? – perguntou o menino. – O boi bebeu, responderam. Cadê o boi? – perguntou o menino. Não quiseram lhe dizer que o carniceiro tinha matado o boi; mas o menino ficou triste, de qualquer maneira. Sentia falta. Uma lacuna.

Vejam outras, agora.

QUEM É VIVO SEMPRE APARECE

O Doutor Armando estava muito velho e se esquecia das coisas – mas não queria se aposentar. *O dia que eu parar de trabalhar, morro,* dizia à mulher. Assim é um velho clínico de cidadezinha do interior. Um dia, porém, o Doutor Armando está caminhando pela rua principal, quando encontra um velho amigo – e cliente – a quem não via há muito tempo. Abraços, exclamações, etc., entram no café para tomar uma cerveja. E conversam.

O assunto é morte. Quanta gente tem morrido! – diz o amigo, e o Doutor confirma gravemente: é verdade, muita gente tem morrido. O inverno foi impiedoso, este ano. Pedem mais uma Brahma.

De repente, o Doutor encara o amigo:

– E tu? Não tinhas morrido também?

– Que é isto, Armando – o amigo ri, entre divertido e desconfiado: a troco de quê eu ia morrer? E se tivesse morrido, estaria aqui conversando contigo?

É mesmo, murmura Armando, confuso (a lacuna se alarga na mente dele, é agora um verdadeiro fosso, escuro e profundo, do qual ele quer sair de qualquer jeito).

– Mas – insiste – alguém me disse que tu tinhas morrido...

– Intrigas da oposição – o amigo ri.

– Quem foi? – pergunta Armando. – Quem terá sido? Será que foi um colega de Porto Alegre? Eu não te mandei consultar um colega de Porto Alegre?

É verdade, diz o amigo, empalidecendo, tu me mandaste consultar um médico em Porto Alegre, por causa daquele caroço. Ele fez uma biópsia, te escreveu contando o que tinha dado, e tu me disseste que não era nada.

Ficam em silêncio.

– Acho que me enganei – diz o Doutor. – Acho que me enganei, amigo.

– Rodolfo – diz o amigo – o nome é Rodolfo. *R*, de raio.

O Doutor Armando, inquieto, vai ao consultório, dirige-se ao fichário, todo empoeirado. Procura a ficha de Rodolfo. Mas o fichário está incompleto, há anos ele não escreve mais nada, esquece de tomar notas, já não sabe mais quem é seu cliente e quem não é, quem ainda está vivo e quem morreu. Mas, o que pode fazer? Ir ao cemitério, anotar os nomes que estão nas lápides, para não cometer mais equívocos? Mas – e o Doutor Armando estremece – e se ele encontrar numa lápide o seu próprio nome?

É então que decide se aposentar. E seis meses depois está mesmo morto.

Intervalo

Aqui deveria ir outra história. Está faltando; não sei onde foi parar. Lamentável esta lacuna! Mas vamos adiante.

Meu querido diário

Hoje em dia são poucas as pessoas que conservam diários. Parece que os jovens preferem viver a escrever. Estão certos. É mais um benefício da pílula.

Vejam o que aconteceu com Sofia: tinha a obsessão do diário perfeito. Rica herdeira, podia se dedicar a isto: dia a dia, hora a hora, registrava no diário todas as minúcias de sua vida: *Agora estou comendo. Enfiei o garfo num pedaço de bife com cerca de três centímetros por dois e meio.* Queria que o seu diário fosse como o mapa descrito por Jorge Luís Borges: tão grande e tão detalhado que cobria toda a extensão do país. Sofia desejava que o diário fosse exatamente igual à sua vida. Claro, nunca o conseguiria; entre outras razões, porque gostava de relê-lo; e nestas ocasiões não podia, evidentemente, escrever. Mas tinha pelo menos a sensação de ter toda sua existência sob controle.

Entretanto, foi numa destas releituras que ela descobriu a lacuna: *faltavam páginas no diário!* Faltavam páginas correspondentes a quatro dias de sua vida.

Esta falta transtornou a vida de Sofia. *Meu Deus* – perguntou-se ela! – *o que foi que eu fiz naqueles quatro dias? O que foi que eu fiz, que não escrevi?*

Seu diário agora é uma sucessão de páginas em branco – semeadas de pontos de interrogação.

Nostalgia
Porto-alegrense

Porto Alegre sempre foi para mim – e uso aqui as palavras do poeta Luiz de Miranda – o roteiro de uma paixão. Grande andarilho, eu palmilhava, desde a infância, as ruas desta cidade. propelido pela curiosidade, pela angústia, pela ânsia de viver. Aos seis anos eu procurava carteiras de cigarro para minha coleção (onde estão o Colomy, o Odalisca, o Mistura Fina?); aos dezesseis anos, empregadinhas. Muito sucesso na primeira situação, algum sucesso na segunda situação, mas o que importava mesmo era andar, andar, varar as madrugadas andando. E foi assim que eu cheguei a conhecer tudo em Porto Alegre, cada rua, cada beco. Também, não era difícil: a cidade era menor, então. Hoje passo na Rua da Praia e me pergunto, mas sem mágoa, pois detesto a nostalgia lamurienta, onde estão os tipos tão característicos de vinte anos atrás.

Há tempos, fui entrevistado por uma jovem jornalista que queria saber minha opinião sobre um "Baixo Bom Fim". Surpresa: eu não sabia da existência de um Alto Bom Fim, muito menos da de um Baixo. Ela então me explicou que o Baixo Bom Fim era uma parte do bairro que estava na mira da Polícia por causa do tráfico de drogas, etc. Nova surpresa: drogas? O Bom Fim em que me criei era um bairro de casinhas humildes, onde se jogava futebol no meio da rua e onde, à noite, as famílias se reuniam para contar histórias da Europa. Mas esse, claro, era o Bom Fim de minha infância, que não tardou a desaparecer. Na esteira da febre imobiliária que varreu a cidade no período que se seguiu à Segunda Guerra, as pitorescas casinhas foram sendo derrubadas, dando lugar a prédios de apartamentos; primeiro, modestos edifícios de quatro pavimentos, sem elevador, e logo grandes construções, com apartamentos de espaçosos livings de tábuas corridas (onde as visitas podiam se deslumbrar com as dezenas de quadros pendurados nas paredes), com playgrounds (para as crianças brincarem a salvo dos perigos da rua) e com porteiros eletrônicos: a voz de Deus intimidando um possível intruso. A estes edifícios correspondiam, no centro da cidade, os prédios de concreto e vidro fumê.

Estas coisas fazem sentido. Na Paris do século dezenove, nota Walter Benjamin, a burguesia ascendente exprimia sua onipotência nos largos *boulevards* (à prova de barricadas), na arquitetura do ferro (vide Torre Eiffel) e na sofisticação das galerias (das quais a nossa Galeria Chaves é uma cópia fiel, ainda que decadente). O concreto e o vidro fumê refletem a internacionalização da economia e da cultura do País; prédios assim são encontrados nas grandes cidades, de Los Angeles a Tóquio, como o símbolo do enigmático poder das corporações. Poder e velocidade: viadutos, vias expressas; o automóvel, personagem importante destes vinte anos. De novo, porém: não há o que lamentar. Estas coisas aconteceram porque as pessoas assim o quiseram. E é preferível um conjunto habitacional a um cortiço infestado de ratos por pior que seja este conjunto habitacional.

Na realidade, as coisas não desaparecem. Elas mudam. Penso agora nos bares, esta versão popular e muito mais amável dos *saloons* do século passado. O Bom Fim tinha três bares principais: o incrível Serafim, com seus pitorescos *habitués*, o Bojão, o Mudo, o Sem-Sono, seus pequenos comerciantes, seus contrabandistas, seus choferes de táxi; o Aurélio, famoso pelos seus sanduíches, e o Bar João, ponto de encontro da intelectualidade jovem que ali se reunia para discutir ferozmente o futuro do socialismo. O Serafim mudou, o Aurélio fechou, nos fundos do Bar João já não se discute socialismo: joga-se sinuca ali, o que, para o socialismo propriamente dito, não faz muita diferença. Mas, à medida que os jovens do Bar João iam se tornando adultos sérios, no outro extremo da Oswaldo Aranha o Alaska começava a se tornar o ponto de encontro da "lost generation" dos anos sessenta e setenta, como depois foi muito bem demonstrado no admirável, ainda que precário, filme da década: o *Deu pra ti, anos 70*. Quer dizer: os velhos bares não morrem, transmigram-se. E, se o tom da conversa passou do entusiasmo dos anos cinquenta para a depressão dos anos sessenta e setenta, o importante é que não se deixou de conversar. Mesmo porque o entusiasmo está voltando.

O centro de Porto Alegre mudou. Era o lugar dos cavalheiros respeitáveis, das senhoras elegantes, dos garotos deslumbrados; era um lugar *chic* (isto mesmo: *chic*). Mas o mesmo movimento centrípeto que se observa nas grandes cidades do mundo, e que leva os porto-riquenhos a Nova Iorque, os paquistaneses a Londres, os argelinos a Paris, se observou em Porto Alegre, em escala, naturalmente, muito mais modesta. De qualquer modo, também aqui a periferia invadiu o centro, que se popularizou: artesãos, camelôs, desocupados. Muitos torcem o nariz. Mas o que é que se vai fazer? Pode não ser sofisticado, mas é a realidade. E, pelo menos, é colorido: o banquete dos pobres, o triunfo da convivialidade. Por outro lado, não faltam lugares para compras elegantes: desde a 24 de Outubro, a nossa Quinta Avenida (o Parcão sendo, pois, o Central Park) até os shopping centers, os templos do consumo moderno.

Da periferia para o centro, dos bairros para o subúrbio: isto também aconteceu. Três Figueiras, lugar onde se fazia piqueniques, transformou-se num bairro classe média. A Zona Sul porto-alegrense poderia ter se transformado no equivalente da Zona Sul do Rio, não fosse pelas águas barrentas e poluídas do Guaíba, cujos peixes, aliás, foram desaparecendo ao longo dos vinte anos (mas os crepúsculos sobre o rio continuaram os mesmos).

Sim, a cidade cresceu. Há cento e cinquenta anos os Farrapos, preparando-se para atacar a capital do

Estado, acamparam numa localidade chamada Azenha, esta mesma Azenha das lojas de acessórios. Há cinquenta anos as famílias viajavam para Ipanema a fim de veranear; há quarenta, subir o morro de Teresópolis era uma aventura.

Onde está esta Porto Alegre? Onde está a Porto Alegre de nossa infância? Como achar esta lendária cidade, se é que ela ainda existe?

Outro dia vi um rato no centro da cidade. Um rato velho, gordo. Corria pela sarjeta. Corria, não; andava devagar, com dignidade. Um rato porto-alegrense. Seus antepassados viram decerto o quebra-quebra em 1954, a Grande Enchente de 1941, a Revolução de Trinta. Toda uma continuidade no tempo e no espaço.

Acredito em Porto Alegre. Acredito na estátua de Bento Gonçalves, no bonde J. Abott e no cabaré das normalistas; choro pelos suicidas do Viaduto e acredito que um dia massas de cruzeiristas descerão triunfantes da Colina Melancólica para tomar de assalto o centro da cidade, celebrando a conquista do campeonato (sou mesmo um abobado da enchente). Acredito que os palacetes da Independência um dia voltarão a se iluminar para festas e recepções. Acredito que numa lojinha da Floresta uma moça loira e de olhos azuis espera por seu Príncipe Encantado, enquanto entoa antigas canções alemãs. No fundo, sou um gurizinho de seis anos percorrendo as ruas da sua amada cidade, em busca de carteiras de cigarro. Tesouros na sarjeta, sonhos do passado.

O OCASO DA DELAÇÃO

É mesmo: não há nada como um dia depois do outro. Há o dia do caçador, e o dia da caça. O dia do delator e o dia do delatado. Isto me ocorre a partir do filme de Woody Allen. *Testa de Ferro por Acaso*, oportuna critica à época do macarthismo, da caça às bruxas nos Estados Unidos dos anos cinquenta. Me parece mesmo que existe um clima de crescente repúdio à delação. Outros envolvidos na delação macarthista, como Richard Nixon, caíram em descrédito perante a opinião pública – e este foi também o caso do sabujo-mor J. Edgar Hoover. Os filhos de Julius e Ethel Rosemberg, denunciados e executados por espionagem atômica, pedem em livro a reabilitação dos pais – o que bem pode acontecer depois da absolvição (tardia) de Sacco e Vanzetti. Falando em livro, nos Estados Unidos fez grande sucesso *Scoundrel Time* (Tempo de Canalhas), depoimento da teatróloga Lillian Hellman, que enfrentou corajosamente a gang McCarthy. E aqui no Brasil saíram há pouco dois livros (de Elias Lipiner e Anita Novinsky) sobre aquela antiga escola de delatores, a Inquisição. Parece que, como Goethe, as pessoas no mundo inteiro anseiam por mais luz. A propósito, aqui vai uma história que me parece adequada a este clima.

O nome dele não vou revelar. Nem o nome do colégio, do professor, dos alunos, da turma. Sou um ficcionista, não um delator.

Mas ele era um delator. Um delator compulsivo. Às vezes penso que aquilo era uma coisa incorporada a ele, tornada parte integrante de sua própria constituição; porque o seu jeito, o olhar esquivo, a voz ciciada, o mau hálito (destilava pela boca os venenos internos), os dedos curtos e grossos, mas de unhas longas, o seu jeito era de delator.

Descobrimos depois que ele delatava desde pequeno. Delatava ao pai os irmãos menores. Delatava a Deus os pecados dos vizinhos. E tão logo aprendeu a escrever, começou com as cartas anônimas.

Como delator era até heroico. Levava surras tremendas dos delatados, indignados com a baixeza dele; mas suportava com um sorriso misterioso os socos e os pontapés. Depositava as dores e os machucados como oferendas num altar. Mas que santo estava sobre aquele altar? A que deus, ou a que demônio, ele estava servindo, quando se aproximava de um vizinho, todo misterioso: "O senhor sabe, seu Antônio, que o seu filho e a filha do dono do armazém andam fazendo coisa feia"? Não sei. E agora é difícil de saber. Há pessoas que atravessam a vida incógnitas, até para elas mesmas. E ele era assim: um mistério. Mas que a delação para ele era um culto, ah, isto era.

Um culto, uma vocação, uma missão. Então ele era nosso colega de turma. Colega novo: tinha vindo transferido de outro colégio (esta era outra de suas tragédias: as próprias pessoas a quem delatava cansavam dele, de suas denúncias. Os diretores dos colégios acabavam por mandá-lo embora).

Nós não o conhecíamos. Foi bem recebido; o nosso era um colégio pequeno, antigo, onde todo o mundo se dava bem. E ele parecia muito cordato, se relacionava bem. A turma aceitou-o. Logo de estava partilhando de todos os nossos segredos.

Sua primeira delação veio de surpresa.

Estávamos fazendo sabatina (era a primeira do ano). Os alunos todos curvados sobre as provas. O professor lia o jornal. O silêncio era completo. Só se ouvia o zumbido das moscas, naquela tarde quente.

De repente ele se levanta, empurra a cadeira. Pensamos que ele fosse entregar a prova. Não: ergueu o braço, apontou um colega:

– Professor, o Fulano está colando. Ficamos estarrecidos. O professor também: era a primeira vez que aquilo acontecia. Olhou para um, olhou para outro. O delator repetiu: ele está colando professor!

A aula virou um tumulto. Gritos, vaias, assobios. O professor teve de fazer valer sua autoridade. Desceu de seu estrado, dirigiu-se à carteira do aluno transgressor, recolheu a prova, rasgou-a rapidamente. Apontou a porta:

– Sai.

Ficamos em silêncio. Continuem, disse o professor, voltando à sua mesa. Mas já não pegou o jornal: ficou nos vigiando.

Já naquele dia o delator levou uma surra, naturalmente, mas nada mais o deteria: denunciava um por ter roubado giz, denunciava outro por não ter feito o tema. Ninguém mais falava com ele. Estava isolado como um pária.

Finalmente o professor tomou uma decisão inusitada: disse-lhe que não queria mais saber de denúncias. É para o teu próprio bem – afirmou, diante de toda a aula.

Para nossa surpresa, o delator protestou. Disse que era seu dever denunciar os outros, e que se o professor não se importava, se queixaria à direção. O professor era um homem pobre: não tinha carro e andava sempre com camisas puídas. Precisava daquele emprego. Teve de se curvar à exigência. As delações continuaram. Cada vez mais escassas, porque já não havia o que delatar.

E de repente aconteceu aquela coisa extraordinária, aquilo que nos abalou a todos.

Estávamos em aula. O delator pediu licença para ir ao banheiro. Saiu. O professor continuou falando. De súbito interrompeu-se. Ficou olhando para o chão, torturado, via-se, por uma dúvida. E aí, lentamente meteu a mão no bolso e de lá extraiu um papelzinho. – Recebi uma denúncia anônima – disse. – Parece que o colega de vocês anda fumando no banheiro.

Aquilo era grave. Aquilo, em nosso colégio, era muito grave. O diretor não tolerava o fumo: expulsava sumariamente os alunos surpreendidos fumando. Nos olhamos, entre inquietos e risonhos.

– Vamos ao banheiro – disse o professor.

Saímos todos, caminhamos apressados e em silêncio pelo corredor. Chegamos ao banheiro. O professor hesitou um momento – e abriu a porta.

Ali estava ele, o delator. Fumando: o cigarro aceso pendia-lhe da boca. Era o flagrante perfeito. Era a expulsão. Quem foi que denunciou? – perguntou alguém.

O professor não respondeu. Mas a resposta era desnecessária: diante de nossos olhos assombrados o delator sorria, feliz, feliz.

Ver Roma e depois morrer

Os altos e baixos da economia brasileira se expressam em uma variedade de situações, mas em nenhuma delas de forma tão patética quanto no velho sonho da classe média: viajar para o exterior. Houve época em que uma viagem para a Europa só estava ao alcance dos muito ricos. Depois, vieram os jatos, as excursões, e a coisa passou a ser mais simples. Quando viajar parecia estar ao alcance de todos, veio o depósito prévio – lembram-se? – e muita gente teve de desistir. O depósito foi suspenso, e de novo as viagens tornaram-se possíveis, e até lucrativas: no Rio de Janeiro havia agências que pagavam passagem a Miami em troca do direito à aquisição dos mil dólares, para posterior venda no câmbio negro. Surgiu então a limitação dos quinhentos dólares, e de novo as viagens estão restritas. A propósito destes fatos, é a história que segue.

Ele era feio, solteirão e funcionário público com baixos vencimentos, mas tudo isto suportava porque tinha um sonho na vida: viajar para a Europa, mais especificamente para a Itália, pátria de seus pais. Durante anos economizou até que por fim pôde comprar a passagem. Tirou férias – trinta dias, nem um a mais, advertiu o chefe – e foi. Na véspera da viagem, sentia-se tonto, um pouco nauseado; mas não deu importância ao fato. É da emoção, pensou.

Não era. Já no voo estava com febre alta; e em Roma, levaram-no diretamente para o hospital, onde deveria ficar em isolamento rigoroso. As autoridades italianas temiam que fosse portador de uma dessas misteriosas doenças tropicais, capazes de se espalhar pela Europa inteira. Ele, tudo o que queria era melhorar, para poder fazer os passeios que com tanta ansiedade tinha planejado.

Mas não melhorava. Os dias se escoavam ali monotonamente; tudo o que ele estava vendo de Roma, da Itália, da Europa, eram as paredes do quarto, de um branco asséptico. Nem mesmo uma vista tinha de sua janela que dava para um feio edifício de apartamentos. Na parede, e era a única coisa que quebrava a severidade do aposento, um quadrinho: uma vista das colinas da Cidade Eterna.

Aos poucos foi melhorando. No trigésimo dia pediu para voltar ao Brasil. Não estava ainda completamente bom, mas também não podia ficar mais: as férias tinham terminado. Levaram-no numa ambulância fechada ao aeroporto. Antes de embarcar, de fez uma solene promessa: ainda voltaria à Europa.

O tempo passou, e ele não mais conseguiu juntar dinheiro para a viagem. Aposentou-se, e com a magra pensão foi morar num hotel para velhos. Vou lhe dar meu melhor quarto, disse a dona. Abriu a porta, e o homem teve um choque.

Era o quarto, o mesmo quarto do hospital de Roma: as brancas paredes assépticas, a janela dando para um feio edifício de apartamentos. Até mesmo o quadrinho estava ali, o quadrinho com a vista das colinas de Roma.

Num impulso, ele estendeu os braços para a dona do hotel:

– Posso lhe abraçar?

Sem saber o que responder da se deixou abraçar. Surpresa, naturalmente. Não podia saber que, naquele momento, o hóspede estava realizando o sonho de sua vida: até que enfim voltava a Roma.

O código do amor

Esta é uma pequena história de amor – uma homenagem atrasada ao Dia dos Namorados; mas não tem importância, porque, como já se verá, também é a história de um amor atrasado.

É uma história que começa aqui em Porto Alegre, na Cidade Baixa. E começa com um casal de jovens apaixonados. Rogério e Lúcia. Não: Pedro e Maria. Não: Rogério e Lúcia é melhor.

Rogério e Lúcia. Passeavam de mãos dadas pelas ruas da Cidade Baixa, mãos dadas, naquele passo sem pressa dos namorados, sussurrando os segredinhos dos namorados. Iam a bailes, e festas de amigos, e aos domingos almoçavam ora na casa dos pais dela, ora na casa dos pais dele.

As famílias se davam, faziam muito gosto no namoro. E tudo indicava que eles casariam e, teriam dois ou três filhos, e que morariam num apartamento na Cidade Baixa; e que à noite, depois do jantar, sentariam para ver televisão – enfim, uma família normal.

Mas as coisas mudaram. De repente, eles deram para brigar. Desfizeram o namoro. Ele conheceu outra moça, com quem veio a casar, e com quem teve três filhos.

Muitos anos tendo passado ele começou de novo a pensar em Lúcia. Sabia dela alguma coisa; que morava em Paris, onde trabalhava como desenhista numa indústria de modas; que tinha casado e depois se divorciado. E mais não sabia e pouca possibilidade tinha de saber. Lúcia não vinha a Porto Alegre; e o modesto emprego público dele não lhe daria jamais os meios de ir a Paris. De modo que tudo que podia fazer era pensar nela.

O que fazia com carinho cada vez maior. Não, não era a paixão da adolescência; era outro sentimento, mais terno, mais melancólico. Quem sabe amor – porque agora se dava conta de que nunca soubera realmente o que era amor. Talvez isso fosse amor.

●

E um dia veio a oportunidade de ir a Paris. De repente: numa rifa, ele foi contemplado com uma passagem a Lisboa. E dali a Paris era um pulo. Vai, diziam os amigos, a mulher, vai a Paris. (Ninguém lembrava mais de Lúcia, óbvio; estavam falando é de Paris, a Cidade Luz, a meca dos turistas).

E ele foi a Paris. Com o endereço de Lúcia, que obtivera de uma das antigas amigas dela, a única, com que às vezes se correspondia.

●

Chegando a Paris, foi direto ao endereço.

Era um velho, mas ainda imponente, edifício, próximo aos Champs Elysées. Era noite quando Rogério chegou lá: nove da noite.

Não pôde entrar, porque o edifício, como acontece por aqui, estava com a porta fechada. E não havia porteiro, nem mesmo porteiro eletrônico; o que havia era, ao lado da porta, um pequeno painel com teclas numeradas de zero a nove. O que vinha a ser aquilo?

Foi o que ele perguntou a um transeunte, no seu hesitante francês de colégio. O homem lhe explicou que aquilo era uma espécie de porteiro automático; o que ele teria de fazer, para que a porta se abrisse, era pressionar as teclas segundo o número do código. E qual é o código? – perguntou Rogério. O homem deu de ombros, espantado com a estupidez da pergunta: o código, naturalmente, era segredo dos moradores e das pessoas de confiança.

●

Sem saber o que fazer, Rogério ficou por ali. Esperava talvez que alguém aparecesse; quem sabe a própria Lúcia. Mas ninguém apareceu. Começou a nevar e ele, enregelado e frustrado, foi para o hotel.

Passou três dias em Paris, mas foi só no último que resolveu voltar ao prédio de apartamentos.

Porque, pensou, era um absurdo ter vindo até ali e não ter visto Lúcia, não ter falado com ela. De modo que pegou um táxi e foi até lá.

No momento em que chegou uma mulher dirigia-se para a porta. Ia entrar, sem dúvida; era sua oportunidade. Saltou do táxi, gritando:

– Madame! Madame!

Ela voltou-se para ele. E era Lúcia.

●

Lúcia, mas não a Lúcia de sua juventude. O que tinha diante de si era uma mulher envelhecida, de rosto duro e amargurado, muito pouco parecida com a jovem de sorriso tímido.

Ele hesitou. Ela aparentemente não o reconhecera. E como haveria de reconhecer, se de também mudara? Era agora um homem gordo e calvo, de bigode; e usava óculos. Não, não o reconhecera. Ou não quisera reconhecê-lo?...

Ele respirou fundo.

– *Pardon, Madame* – murmurou. – Deu meia volta, tornou a embarcar no táxi que aguardava, mandou tocar para o hotel.

E então se lembrou: esquecera de perguntar o número do código. Não que agora tivesse qualquer importância. Mas ele gostaria de anotá-lo em seu caderninho de endereços: *Lúcia – 7654*.

Talvez um dia esse número lhe explicasse alguma coisa. O segredo do amor, por exemplo.

O HOMEM QUE CORRIA

Começou como todo o mundo: aos trinta e seis anos teve uma dorzinha no peito, reparou que cansava fácil. Um amigo tinha morrido de enfarte, um outro estava hospitalizado, ele se assustou, foi ao cardiologista. O médico garantiu que não era nada, tudo ansiedade, a crise da meia-idade, etc., mas ele achou que era bom iniciar um programa de exercícios; resolveu correr todo o dia meia hora antes do jantar. Foi um verdadeiro milagre; numa semana já se sentia melhor, estava entusiasmado, queria convencer todo o mundo a correr. E levava a coisa a sério, corria com qualquer tempo; logo achou que meia hora não era suficiente. A esposa, compreensiva, disse que não fazia mal, que podiam jantar mais tarde. E assim o jantar foi adiado para as nove, depois para as dez, depois para as onze. Ele chegava em casa, suando e feliz, encontrava a mulher à espera, mas os filhos – dois, um de oito, outro de seis – dormiam há tempo. Não faz mal, ele dizia, quando crescerem serão corredores. A cozinheira, contudo, protestava contra aquela história de ter que esperar com a janta – perdia todas as novelas e além disto ia dormir tarde. De modo que ele resolveu substituir o jantar por um frugal sanduíche que comia enquanto estava correndo. *Não perco tempo, faço dieta e ainda queimo calorias*, disse à mulher. Falavam muito pouco agora, não só porque quase não se encontravam como também porque ele não tinha outro assunto além daquele, correr, a alegria de correr. Sentia-se estupendamente bem, tanto do ponto de vista físico como psíquico; quando a gente corre, argumentava, vê-se o mundo de modo diferente, as velhas ideias parece que vão saltando fora, a cabeça fica leve, leve. Era uma coisa tão esplendorosa que ele resolveu ampliar o seu horário de correr; advogado, passaria a atender o escritório apenas na parte da manhã, deixando ao sócio o expediente da tarde. Com isto seus rendimentos caíram, e as pessoas começaram a estranhar-lhe o comportamento; por fim até mesmo a tolerante esposa achou que já era tempo de terem uma conversa. Ele concordou, mas disse que só poderia falar com ela correndo – não só para não perder tempo como também porque, correndo, o papo entre eles teria significação, seria muito mais autêntico. A esposa, embora não estivesse em boa forma, concordou, pelo bem da família; e assim, uma noite, vestiu o abrigo e dispôs-se a acompanhá-lo numa pequena maratona ao redor do parque. Arquejando, ela disse que assim não dava para continuar, que ele estava abandonando tudo, os filhos, o lar, o trabalho. Nem relações sexuais temos mais! – exclamou, com toda a veemência apesar da falta de ar e de sua natural timidez.

Ele não respondeu. Corria sem esforço, o rosto radioso, olhar fixo. E ela de repente adivinhou o pensamento dele, deu-se conta de que ele estava pensando naquilo, numa forma de ter relações sexuais sem parar de correr, os movimentos do coito acompanhando os movimentos da corrida. Parou, deteve um táxi e voltou para a casa. Na semana seguinte estavam separados.

Não deixou de correr por causa disto, claro. Nem tampouco pelo fato de o sócio tê-lo expulso do escritório. Com a indenização que lhe coube, poderia viver – e correr – muito tempo. E desenvolver novas ideias. Já tinha aperfeiçoado, por exemplo, um jeito de dormir enquanto corria: diminuía a velocidade a um mínimo, fechava os olhos, deixava a cabeça cair sobre o peito; cochilava assim por curtos mas repousantes períodos de tempo. E os sonhos que tinha então – simplesmente maravilhosos, aqueles sonhos. Depois de resolver este e outros problemas técnicos, partiu então para o Grande Projeto. Não era mais em torno ao parque que daria voltas – mas sim em torno à própria Terra. Maratona? Não. O que ele pretendia era transformar a vida em correr, o correr em vida. Todos os detalhes foram cuidadosamente estudados: a minibarraca acoplada ao chapéu, que o protegeria das intempéries; o alimento sintético; as cápsulas de gás repelente destinadas a afastar os cães (em qualquer latitude, grandes inimigos dos corredores) e assim por diante. Cheio de radiosa confiança deu início à Grande Jornada. Que, infelizmente, foi curta: ele foi atropelado por um carro logo à saída da cidade. Era de noite e o motorista disse que não o enxergara, o que provavelmente era verdade: embora o Corredor estivesse equipado com um farolete traseiro e um pisca-pisca, a lâmpada de ambos estava queimada.

●

Ninguém reclamou o corpo, ele foi enterrado em vala comum, mas dizem que em noites de lua, no parque... Mas isto já é um modo muito fantástico de terminar a história.

Histórias com
FEEDBACK

Feedback – o que é?

Feedback é um termo que vem dos Estados Unidos – e só isto já o torna importante, naturalmente. Poder-se-ia traduzi-lo – por retroalimentação, talvez – mas não ficaria tão bom. *Feedback* é a palavra. *Feedback*: um som agudo, longo, seguido de outro curto seco, implacável. *Feedback*! Joia. *Feedback*, então, mas o que vem a ser isto? O termo, popularizado (!) pela teoria dos sistemas, designa o mecanismo pelo qual um sistema se autorregula. Vamos, alunos, a um exemplo. Suponhamos um sistema formado por um homem gordo, *A*, comida, *B*, e um cozinheiro, *C*. O homem gordo tem um cinto, *D*. Do teto da cozinha pende, aberta, uma rede de metal, *E* (já vamos ver para que serve).

O homem gordo senta-se à mesa – com muita fome, claro. O cozinheiro então lhe traz a comida. Ele come, vorazmente. *Mais!* – grita. O cozinheiro traz mais, mais; o cinto se distende; quando atinge determinada circunferência, um dispositivo de alarme nele colocado é acionado. Fecha-se um círculo, pondo em ação o mecanismo que, na cozinha, solta a rede sobre o cozinheiro. Este, imobilizado, não pode trazer mais comida para o gordo. A comida é digerida, a barriga encolhe, o cinto relaxa, o alarme é cortado, a rede sobe, e volta o cozinheiro com mais comida.

Não é joia? Fala aí, não é joia?

Ultimamente, a importância do *feedback* cresceu, com o conceito de *biofeedback*, o *feedback* biológico; por exemplo, a pessoa toma conhecimento, por uma tela, de seu registro eletrocardiográfico, e assim "aprende" a controlar seu ritmo cardíaco. Joia.

Agora, outro exemplo de *feedback*, resumido numa frase do cineasta Mel Brooks, pai de quatro filhos: "*O ideal é ter oito filhos; este é o número necessário para carregar nosso caixão, depois que a gente morre de enfarte – justamente por ter oito filhos*". Joia, não é?

Um último exemplo. Existe, em Paris, um hotel chamado Royal-Navarin. É barato, os quartos são limpos. Só que o banheiro é de uso comum.

No banheiro masculino ocorre que a luz só se acende quando a porta fecha (graças a um dispositivo simples). Não há chave de luz. A pessoa procura a chave, e não achando não fecha a porta, porque não quer ficar no escuro. A luz, claro (?), não se acende. O produto final do sistema é economia de luz – e urina no chão. O dinheiro economizado com a luz tem de ser gasto com a empregada que limpa o banheiro. Mas assim não se gera o desemprego. Em última análise, o equilíbrio social do mundo ocidental depende do banheiro do Hotel Royal-Navarin.

Agora, o seguinte. Eu sempre achei que o conceito de *feedback* deveria ser aplicado à literatura. Porque – não sei se vocês concordam comigo – literatura é um negócio que não progride, não se aperfeiçoa. Desde Gutemberg é sempre a mesma coisa. Falta progresso. Falta tecnologia. E *feedback* está aí para isso.

Em primeiro lugar, eu aplicaria *feedback* à própria criação literária.

Da seguinte forma. Imaginem um escritor diante de sua máquina de escrever, sentado, não numa cadeira, mas no prato de uma grande balança. No outro prato são colocados livros que o escritor já escreveu. Estes livros podem ficar aí, ou podem ser retirados para venda ao público. À medida que aumenta o peso dos livros não vendidos, o escritor vai se elevando; chega um momento que ele está tão acima da máquina, que é forçado a interromper sua produção. Quando este escritor voltar à terra, ele escreverá ficção com *feedback* – a única ficção que pode tirar a literatura do dilema em que se encontra.

O que muitas vezes falta aos escritores é contenção. Contenção é imprescindível nesta era de explosão das comunicações. Contenção é saber parar, é não se expandir demais. E só *feedback* dá contenção às histórias. Histórias com *feedback* são curtas, autolimitadas, precisas. Dizem o que é essencial e se extinguem. Não ocupam páginas e páginas;

podem até figurar em rodapés de jornais ou na seção de curiosidades.

As histórias com *feedback* têm outra grande vantagem: elas evoluem de acordo com uma lógica absoluta, implacável. São praticamente independentes do escritor e do leitor. Ora – qual o sonho de todo escritor? Que seus personagens adquiram vida própria, evidentemente. E o que dizer de uma história inteira autônoma? Hein? Que dizer? Dizer joia, claro!

O escritor Joseph Heller pressentiu esta verdade. Em *Catch 22* ele descreve um sistema com *feedback*. Elementos do sistema: pilotos, aviões, cidades italianas indefesas, um médico – e outros. O sistema funciona graças a um moderado grau de loucura, regulado por um dispositivo que detém a insanidade, quando excessiva, e reconduz à loucura os que se desviam para o lado sadio. *Catch 22* é este dispositivo regulador; é o raciocínio que o médico da base utiliza para impedir que os pilotos obtenham licença sob fundamento de doença mental. Quem é sadio, diz o doutor, dá um jeito de não servir na base; quem está na base e voa, é porque está doente – logo, doença não serve como desculpa para sair do sistema, ao contrário, constitui-se em pré-requisito para entrada no mesmo.

Para mim, o livro poderia se reduzir a esta passagem (precedida apenas de um rápido prólogo explicativo). Heller, porém, escreveu centenas de páginas. Neste livro ele ainda se saiu bem, mas no último já foi criticado pela excessiva prolixidade. Claro: falta de *feedback*.

E aqui estão esboços de histórias com *feedback*, como modelos para o leitor armar.

a) *O jovem inquieto.* – Alberto, filho de um rico milionário argentino, começa a inquietar-se com problemas sociais. Aos poucos adere – espiritualmente – ao movimento terrorista. Formula um plano para ajudá-lo. Através de um amigo, apresenta-se aos líderes do terrorismo e oferece-se para ser mantido como refém, em troca de um resgate a ser pago pelo pai. Tudo o que exige é uma pequena percentagem desta importância para comprar discos de protesto. Os terroristas riem desta exigência, que classificam de burguesa. Após uma longa discussão, Alberto volta para casa; o pai repreende-o por passar a noite fora, ao invés de ficar ouvindo discos de protesto. Palavras tão ásperas despertam o ressentimento do jovem; e é assim que Alberto, o jovem filho de um rico milionário, começa a inquietar-se com problemas sociais.

b) *O comerciante entediado.* – Um comerciante se entediava. Foi ao médico, que lhe recomendou, para evitar o tédio causado pela rotina, a prática de atividades fora da rotina. O comerciante fez isto, mas, com o tempo, as atividades fora da rotina se transformaram em atividades rotineiras. O comerciante se entediava. Foi ao médico que lhe recomendou, para evitar o tédio causado pela rotina, a prática de atividades fora da rotina.

c) *O apreciador da arte.* – Um homem era apreciador da arte; sentia necessidade de ver belos quadros. Começou então a comprar obras dos mestres. Estas custavam caro, e o homem precisava trabalhar muito para pagá-las. Quanto mais trabalhava, menos tempo tinha para olhar os quadros. E este homem era apreciador da arte; sentia necessidade de ver belos quadros.

d) *O escritor fracassado.* – O escritor Jerônimo desesperava-se. Não conseguia um tema que interessasse ao público. Finalmente, escreveu um livro narrando suas próprias experiências como escritor fracassado. O livro transformou-se num extraordinário *best-seller*, e Jerônimo, num escritor bem-sucedido. Escreveu um segundo volume de sua obra – mas ninguém se interessou, porque ele agora era um autor de sucesso. O escritor Jerônimo desesperava-se. Não conseguia nenhum tema que interessasse ao público.

Eu poderia contar mais algumas histórias, mas o meu espaço está terminado. O espaço e o tempo disponíveis são o grande *feedback* de nossas vidas.

O espírito natalino

Eram onze da noite quando a campainha tocou. Quem será, perguntou a mulher assustada. Não sei, disse o homem, mas vou ver. Cuidado, ela disse. Ele levantou-se da frente da TV e foi abrir a porta. Era o lixeiro:

– Tudo bem, padrinho? O senhor desculpe a hora, mas já que a gente tava recolhendo o lixo, resolvi aproveitar para pedir o Natal...

O homem não disse nada. Olhava-o, fixo. O lixeiro meio que se perturbou:

– Não estou incomodando, não é, padrinho? Eu sei que é meio tarde, mas a gente não tem outra hora para passar aqui... Estou incomodando...

O homem suspirou:

– A mim, não. Mas a meus filhos, sim. Os gêmeos. Acordaram com a campainha. E eles não podiam acordar. O médico disse que eles deviam descansar. Eles estão doentes. Muito doentes.

– Coitados – disse o lixeiro, emocionado.

– Eles estão com uma doença muito grave – prosseguiu o homem. – Radinculite defasada. Já ouviu falar nisto?

O lixeiro não tinha ouvido falar. O homem então explicou que era uma enfermidade rara, só dava em gêmeos; e o tratamento era este, sono prolongado.

– Hoje eles custaram a dormir. Depois que acordam, só adormecem de novo com remédio. E eu não tenho mais remédio. Terminou.

– Que coisa – murmurou o lixeiro, consternado. – Não imaginava que pudesse ter causado tal transtorno.

– Eu precisaria sair para comprar remédio. Acontece – suspirou o homem – que não tenho dinheiro.

O lixeiro estava assombrado.

– Sei o que o senhor vai dizer – continuou o homem. – Que quem mora numa casa razoável, como esta, com carro na porta, não pode ficar sem dinheiro. Mas é exatamente o que acontece. Estou quebrado. A classe média não é mais aquela, meu amigo. A gente não tem dinheiro nem para comprar remédio para os filhos. O que é que se vai fazer? Bem, o Natal vai ter que ficar para outro dia. Boa noite.

Já ia fechando, mas o lixeiro segurou a porta.

– Espera um pouco, padrinho! – Vacilava. – Escuta aqui: eu tenho mil cruzeiros que o seu vizinho aí da frente me deu. Quem sabe o senhor pega o dinheiro e compra o remédio.

Agora foi a vez do homem manifestar assombro:
– Mas é o seu Natal!

O lixeiro já lhe metia o dinheiro na mão e se despedia:

– Boa noite, padrinho. Desculpe qualquer coisa e Feliz Natal!

O homem fechou a porta e voltou para a frente do televisor. Lúcia, que por ser filha única preocupava-se muito com o pai, olhou-o inquieta e perguntou:

– Quem era, papai?

O homem refletiu um instante:

– Eu diria – concluiu, por fim – que era o Papai Noel.

Sobre o autor

Moacyr Scliar nasceu em Porto Alegre, em 1937. Era o filho mais velho de um casal de imigrantes judeus da Bessarábia (Europa Oriental). Sua mãe incentivou-o a ler desde pequeno: Monteiro Lobato, Erico Verissimo e os livros de aventura estavam entre seus preferidos. Mas foi um presente de aniversário que o despertou para a escrita – uma velha máquina de escrever, onde datilografou suas primeiras histórias. Ao ingressar na faculdade de medicina, começou a escrever para o jornal *Bisturi*. Em 1962, no mesmo ano da formatura na Universidade Federal do Rio Grande do Sul, publicou seu primeiro livro, *Histórias de um médico em formação* (contos). Paralelamente à trajetória na saúde pública – que lhe permitiu conhecer o Brasil nas suas profundezas –, construiu uma consolidada carreira de escritor, cujo marco foi o lançamento, em 1968, com grande repercussão da crítica, de *O carnaval dos animais* (contos).

Autor de mais de oitenta livros, Scliar construiu uma obra rica e vasta, fortemente influenciada pelas experiências de esquerda, pela psicanálise e pela cultura judaica. Sua literatura abrange diversos gêneros, entre ficção, ensaio, crônica e literatura juvenil, com ampla divulgação no Brasil e no exterior, tendo sido traduzida para várias línguas. Seus livros foram adaptados para o cinema, teatro, TV e rádio e receberam várias premiações, entre elas quatro Prêmios Jabuti: em 1988, com *O olho enigmático*, na categoria contos, crônicas e novelas; em 1993, com *Sonhos tropicais*, romance; em 2000, com *A mulher que escreveu a Bíblia*, romance, e em 2009, com *Manual da paixão solitária*, romance. Também foi agraciado com o Prêmio da Associação Paulista de Críticos de Arte (1980) pelo romance *O centauro no jardim*, com o Casa de las Américas (1989) pelo livro de contos *A orelha de Van Gogh* e com três Prêmios Açorianos: em 1996, com *Dicionário do viajante insólito*, crônicas; em 2002, com *O imaginário cotidiano*, crônicas; e, em 2007, com o ensaio *O texto ou: a vida – uma trajetória literária*, na categoria especial.

Pela L&PM Editores, publicou os romances *Mês de cães danados* (1977), *Doutor Miragem* (1978), *Os voluntários* (1979), *O exército de um homem só* (1980), *A guerra no Bom Fim* (1981), *Max e os felinos* (1981), *A festa no castelo* (1982), *O centauro no jardim* (1983), *Os deuses de Raquel* (1983), *A estranha nação de Rafael Mendes* (1983), *Cenas da vida minúscula* (1991), *O ciclo das águas* (1997) e *Uma história farroupilha* (2004); os livros de crônicas *A massagista japonesa* (1984), *Dicionário do viajante insólito* (1995), *Minha mãe não dorme enquanto eu não chegar* (1996) e *Histórias de Porto Alegre* (2004); as coletâneas de ensaios *A condição judaica* (1985) e

Do mágico ao social (1987), além dos livros de contos *Histórias para (quase) todos os gostos* (1998) e *Pai e filho, filho e pai* (2002), do livro coletivo *Pega pra kaputt!* (1978) e de *Se eu fosse Rothschild* (1993), um conjunto de citações judaicas.

Scliar colaborou com diversos órgãos da imprensa com ensaios e crônicas, foi colunista dos jornais *Folha de S. Paulo* e *Zero Hora* e proferiu palestras no Brasil e no exterior. Entre 1993 e 1997, foi professor visitante na Brown University e na University of Texas, nos Estados Unidos. Em 2003, foi eleito membro da Academia Brasileira de Letras. Faleceu em Porto Alegre, em 2011, aos 73 anos.

Confira entrevista gravada com Moacyr Scliar em 2010 no site www.lpm-webtv.com.br.

Coleção **L&PM** POCKET (LANÇAMENTOS MAIS RECENTES)

634(8).**Testemunha da acusação** – Agatha Christie
635.**Um elefante no caos** – Millôr Fernandes
636.**Guia de leitura (100 autores que você precisa ler)** – Organização de Léa Masina
637.**Pistoleiros também mandam flores** – David Coimbra
638.**O prazer das palavras** – vol. 1 – Cláudio Moreno
639.**O prazer das palavras** – vol. 2 – Cláudio Moreno
640.**Novíssimo testamento: com Deus e o diabo, a dupla da criação** – Iotti
641.**Literatura Brasileira: modos de usar** – Luís Augusto Fischer
642.**Dicionário de Porto-Alegrês** – Luís A. Fischer
643.**Clô Dias & Noites** – Sérgio Jockymann
644.**Memorial de Isla Negra** – Pablo Neruda
645.**Um homem extraordinário e outras histórias** – Tchékhov
646.**Ana sem terra** – Alcy Cheuiche
647.**Adultérios** – Woody Allen
648.**Para sempre ou nunca mais** – R. Chandler
649.**Nosso homem em Havana** – Graham Greene
650.**Dicionário Caldas Aulete de Bolso**
651.**Snoopy: Posso fazer uma pergunta, professora? (5)** – Charles Schulz
652(10).**Luís XVI** – Bernard Vincent
653.**O mercador de Veneza** – Shakespeare
654.**Cancioneiro** – Fernando Pessoa
655.**Non-Stop** – Martha Medeiros
656.**Carpinteiros, levantem bem alto a cumeeira & Seymour, uma apresentação** – J.D.Salinger
657.**Ensaios céticos** – Bertrand Russell
658.**O melhor de Hagar 5** – Dik e Chris Browne
659.**Primeiro amor** – Ivan Turguêniev
660.**A trégua** – Mario Benedetti
661.**Um parque de diversões da cabeça** – Lawrence Ferlinghetti
662.**Aprendendo a viver** – Sêneca
663.**Garfield, um gato em apuros (9)** – Jim Davis
664.**Dilbert 1** – Scott Adams
665.**Dicionário de dificuldades** – Domingos Paschoal Cegalla
666.**A imaginação** – Jean-Paul Sartre
667.**O ladrão e os cães** – Naguib Mahfuz
668.**Gramática do português contemporâneo** – Celso Cunha
669.**A volta do parafuso** *seguido de* **Daisy Miller** – Henry James
670.**Notas do subsolo** – Dostoiévski
671.**Abobrinhas da Brasilônia** – Glauco
672.**Geraldão (3)** – Glauco
673.**Piadas para sempre (3)** – Visconde da Casa Verde
674.**Duas viagens ao Brasil** – Hans Staden
675.**Bandeira de bolso** – Manuel Bandeira
676.**A arte da guerra** – Maquiavel
677.**Além do bem e do mal** – Nietzsche
678.**O coronel Chabert** *seguido de* **A mulher abandonada** – Balzac
679.**O sorriso de marfim** – Ross Macdonald
680.**100 receitas de pescados** – Sílvio Lancellotti
681.**O juiz e seu carrasco** – Friedrich Dürrenmatt
682.**Noites brancas** – Dostoiévski
683.**Quadras ao gosto popular** – Fernando Pessoa
684.**Romanceiro da Inconfidência** – Cecília Meireles
685.**Kaos** – Millôr Fernandes
686.**A pele de onagro** – Balzac
687.**As ligações perigosas** – Choderlos de Laclos
688.**Dicionário de matemática** – Luiz Fernandes Cardoso
689.**Os Lusíadas** – Luís Vaz de Camões
690(11).**Átila** – Éric Deschodt
691.**Um jeito tranqüilo de matar** – Chester Himes
692.**A felicidade conjugal** *seguido de* **O diabo** – Tolstói
693.**Viagem de um naturalista ao redor do mundo** – vol. 1 – Charles Darwin
694.**Viagem de um naturalista ao redor do mundo** – vol. 2 – Charles Darwin
695.**Memórias da casa dos mortos** – Dostoiévski
696.**A Celestina** – Fernando de Rojas
697.**Snoopy: Como você é azarado, Charlie Brown! (6)** – Charles Schulz
698.**Dez (quase) amores** – Claudia Tajes
699(9).**Poirot sempre espera** – Agatha Christie
700.**Cecília de bolso** – Cecília Meireles
701.**Apologia de Sócrates** *precedido de* **Êutifron e** *seguido de* **Críton** – Platão
702.**Wood & Stock** – Angeli
703.**Striptiras (3)** – Laerte
704.**Discurso sobre a origem e os fundamentos da desigualdade entre os homens** – Rousseau
705.**Os duelistas** – Joseph Conrad
706.**Dilbert (2)** – Scott Adams
707.**Viver e escrever (vol. 1)** – Edla van Steen
708.**Viver e escrever (vol. 2)** – Edla van Steen
709.**Viver e escrever (vol. 3)** – Edla van Steen
710(10).**A teia da aranha** – Agatha Christie
711.**O banquete** – Platão
712.**Os belos e malditos** – F. Scott Fitzgerald
713.**Libelo contra a arte moderna** – Salvador Dalí
714.**Akropolis** – Valerio Massimo Manfredi
715.**Devoradores de mortos** – Michael Crichton
716.**Sob o sol da Toscana** – Frances Mayes
717.**Batom na cueca** – Nani
718.**Vida dura** – Claudia Tajes
719.**Carne trêmula** – Ruth Rendell
720.**Cris, a fera** – David Coimbra
721.**O anticristo** – Nietzsche
722.**Como um romance** – Daniel Pennac
723.**Emboscada no Forte Bragg** – Tom Wolfe
724.**Assédio sexual** – Michael Crichton
725.**O espírito do Zen** – Alan W.Watts
726.**Um bonde chamado desejo** – Tennessee Williams
727.**Como gostais** *seguido de* **Conto de inverno** – Shakespeare
728.**Tratado sobre a tolerância** – Voltaire
729.**Snoopy: Doces ou travessuras? (7)** – Charles Schulz
730.**Cardápios do Anonymus Gourmet** – J.A. Pinheiro Machado

731. **100 receitas com lata** – J.A. Pinheiro Machado
732. **Conhece o Mário?** vol.2 – Santiago
733. **Dilbert (3)** – Scott Adams
734. **História de um louco amor** *seguido de* **Passado amor** – Horacio Quiroga
735. (11).**Sexo: muito prazer** – Laura Meyer da Silva
736. (12).**Para entender o adolescente** – Dr. Ronald Pagnoncelli
737. (13).**Desembarcando a tristeza** – Dr. Fernando Lucchese
738. **Poirot e o mistério da arca espanhola & outras histórias** – Agatha Christie
739. **A última legião** – Valerio Massimo Manfredi
740. **As virgens suicidas** – Jeffrey Eugenides
741. **Sol nascente** – Michael Crichton
742. **Duzentos ladrões** – Dalton Trevisan
743. **Os devaneios do caminhante solitário** – Rousseau
744. **Garfield, o rei da preguiça (10)** – Jim Davis
745. **Os magnatas** – Charles R. Morris
746. **Pulp** – Charles Bukowski
747. **Enquanto agonizo** – William Faulkner
748. **Aline: viciada em sexo (3)** – Adão Iturrusgarai
749. **A dama do cachorrinho** – Anton Tchékhov
750. **Tito Andrônico** – Shakespeare
751. **Antologia poética** – Anna Akhmátova
752. **O melhor de Hagar 6** – Dik e Chris Browne
753. (12).**Michelangelo** – Nadine Sautel
754. **Dilbert (4)** – Scott Adams
755. **O jardim das cerejeiras** *seguido de* **Tio Vânia** – Tchékhov
756. **Geração Beat** – Claudio Willer
757. **Santos Dumont** – Alcy Cheuiche
758. **Budismo** – Claude B. Levenson
759. **Cleópatra** – Christian-Georges Schwentzel
760. **Revolução Francesa** – Frédéric Bluche, Stéphane Rials e Jean Tulard
761. **A crise de 1929** – Bernard Gazier
762. **Sigmund Freud** – Edson Sousa e Paulo Endo
763. **Império Romano** – Patrick Le Roux
764. **Cruzadas** – Cécile Morrisson
765. **O mistério do Trem Azul** – Agatha Christie
766. **Os escrúpulos de Maigret** – Simenon
767. **Maigret se diverte** – Simenon
768. **Senso comum** – Thomas Paine
769. **O parque dos dinossauros** – Michael Crichton
770. **Trilogia da paixão** – Goethe
771. **A simples arte de matar** (vol.1) – R. Chandler
772. **A simples arte de matar** (vol.2) – R. Chandler
773. **Snoopy: No mundo da lua! (8)** – Charles Schulz
774. **Os Quatro Grandes** – Agatha Christie
775. **Um brinde de cianureto** – Agatha Christie
776. **Súplicas atendidas** – Truman Capote
777. **Ainda restam aveleiras** – Simenon
778. **Maigret e o ladrão preguiçoso** – Simenon
779. **A viúva imortal** – Millôr Fernandes
780. **Cabala** – Roland Goetschel
781. **Capitalismo** – Claude Jessua
782. **Mitologia grega** – Pierre Grimal
783. **Economia: 100 palavras-chave** – Jean-Paul Betbèze
784. **Marxismo** – Henri Lefebvre
785. **Punição para a inocência** – Agatha Christie
786. **A extravagância do morto** – Agatha Christie
787. (13).**Cézanne** – Bernard Fauconnier
788. **A identidade Bourne** – Robert Ludlum
789. **Da tranquilidade da alma** – Sêneca
790. **Um artista da fome** *seguido de* **Na colônia penal e outras histórias** – Kafka
791. **Histórias de fantasmas** – Charles Dickens
792. **A louca de Maigret** – Simenon
793. **O amigo de infância de Maigret** – Simenon
794. **O revólver de Maigret** – Simenon
795. **A fuga do sr. Monde** – Simenon
796. **O Uraguai** – Basílio da Gama
797. **A mão misteriosa** – Agatha Christie
798. **Testemunha ocular do crime** – Agatha Christie
799. **Crepúsculo dos ídolos** – Friedrich Nietzsche
800. **Maigret e o negociante de vinhos** – Simemon
801. **Maigret e o mendigo** – Simenon
802. **O grande golpe** – Dashiell Hammett
803. **Humor barra pesada** – Nani
804. **Vinho** – Jean-François Gautier
805. **Egito Antigo** – Sophie Desplancques
806. (14).**Baudelaire** – Jean-Baptiste Baronian
807. **Caminho da sabedoria, caminho da paz** – Dalai Lama e Felizitas von Schönborn
808. **Senhor e servo e outras histórias** – Tolstói
809. **Os cadernos de Malte Laurids Brigge** – Rilke
810. **Dilbert (5)** – Scott Adams
811. **Big Sur** – Jack Kerouac
812. **Seguindo a correnteza** – Agatha Christie
813. **O álibi** – Sandra Brown
814. **Montanha-russa** – Martha Medeiros
815. **Coisas da vida** – Martha Medeiros
816. **A cantada infalível** *seguido de* **A mulher do centroavante** – David Coimbra
817. **Maigret e os crimes do cais** – Simenon
818. **Sinal vermelho** – Simenon
819. **Snoopy: Pausa para a soneca (9)** – Charles Schulz
820. **De pernas pro ar** – Eduardo Galeano
821. **Tragédias gregas** – Pascal Thiercy
822. **Existencialismo** – Jacques Colette
823. **Nietzsche** – Jean Granier
824. **Amar ou depender?** – Walter Riso
825. **Darmapada: A doutrina budista em versos**
826. **J'Accuse...! – a verdade em marcha** – Zola
827. **Os crimes ABC** – Agatha Christie
828. **Um gato entre os pombos** – Agatha Christie
829. **Maigret e o sumiço do sr. Charles** – Simenon
830. **Maigret e a morte do jogador** – Simenon
831. **Dicionário de teatro** – Luiz Paulo Vasconcellos
832. **Cartas extraviadas** – Martha Medeiros
833. **A longa viagem de prazer** – J. J. Morosoli
834. **Receitas fáceis** – J. A. Pinheiro Machado
835. (14).**Mais fatos & mitos** – Dr. Fernando Lucchese
836. (15).**Boa viagem!** – Dr. Fernando Lucchese
837. **Aline: Finalmente nua!!!** (4) – Adão Iturrusgarai
838. **Mônica tem uma novidade!** – Mauricio de Sousa
839. **Cebolinha em apuros!** – Mauricio de Sousa
840. **Sócios no crime** – Agatha Christie
841. **Bocas do tempo** – Eduardo Galeano
842. **Orgulho e preconceito** – Jane Austen
843. **Impressionismo** – Dominique Lobstein
844. **Escrita chinesa** – Viviane Alleton
845. **Paris: uma história** – Yvan Combeau
846. (15).**Van Gogh** – David Haziot

847. Maigret e o corpo sem cabeça – Simenon
848. Portal do destino – Agatha Christie
849. O futuro de uma ilusão – Freud
850. O mal-estar na cultura – Freud
851. Maigret e o matador – Simenon
852. Maigret e o fantasma – Simenon
853. Um crime adormecido – Agatha Christie
854. Satori em Paris – Jack Kerouac
855. Medo e delírio em Las Vegas – Hunter Thompson
856. Um negócio fracassado e outros contos de humor – Tchékhov
857. Mônica está de férias! – Mauricio de Sousa
858. De quem é esse coelho? – Mauricio de Sousa
859. O burgomestre de Furnes – Simenon
860. O mistério Sittaford – Agatha Christie
861. Manhã transfigurada – Luiz Antonio de Assis Brasil
862. Alexandre, o Grande – Pierre Briant
863. Jesus – Charles Perrot
864. Islã – Paul Balta
865. Guerra da Secessão – Farid Ameur
866. Um rio que vem da Grécia – Cláudio Moreno
867. Maigret e os colegas americanos – Simenon
868. Assassinato na casa do pastor – Agatha Christie
869. Manual do líder – Napoleão Bonaparte
870. (16).Billie Holiday – Sylvia Fol
871. Bidu arrasando! – Mauricio de Sousa
872. Desventuras em família – Mauricio de Sousa
873. Liberty Bar – Simenon
874. E no final a morte – Agatha Christie
875. Guia prático do Português correto – vol. 4 – Cláudio Moreno
876. Dilbert (6) – Scott Adams
877. (17).Leonardo da Vinci – Sophie Chauveau
878. Bella Toscana – Frances Mayes
879. A arte da ficção – David Lodge
880. Striptiras (4) – Laerte
881. Skrotinhos – Angeli
882. Depois do funeral – Agatha Christie
883. Radicci 7 – Iotti
884. Walden – H. D. Thoreau
885. Lincoln – Allen C. Guelzo
886. Primeira Guerra Mundial – Michael Howard
887. A linha de sombra – Joseph Conrad
888. O amor é um cão dos diabos – Bukowski
889. Maigret sai em viagem – Simenon
890. Despertar: uma vida de Buda – Jack Kerouac
891. (18).Albert Einstein – Laurent Seksik
892. Hell's Angels – Hunter Thompson
893. Ausência na primavera – Agatha Christie
894. Dilbert (7) – Scott Adams
895. Ao sul de lugar nenhum – Bukowski
896. Maquiavel – Quentin Skinner
897. Sócrates – C.C.W. Taylor
898. A casa do canal – Simenon
899. O Natal de Poirot – Agatha Christie
900. As veias abertas da América Latina – Eduardo Galeano
901. Snoopy: Sempre alerta! (10) – Charles Schulz
902. Chico Bento: Plantando confusão – Mauricio de Sousa
903. Penadinho: Quem é morto sempre aparece – Mauricio de Sousa
904. A vida sexual da mulher feia – Claudia Tajes
905. 100 segredos de liquidificador – José Antonio Pinheiro Machado
906. Sexo muito prazer 2 – Laura Meyer da Silva
907. Os nascimentos – Eduardo Galeano
908. As caras e as máscaras – Eduardo Galeano
909. O século do vento – Eduardo Galeano
910. Poirot perde uma cliente – Agatha Christie
911. Cérebro – Michael O'Shea
912. O escaravelho de ouro e outras histórias – Edgar Allan Poe
913. Piadas para sempre (4) – Visconde da Casa Verde
914. 100 receitas de massas light – Helena Tonetto
915. (19).Oscar Wilde – Daniel Salvatore Schiffer
916. Uma breve história do mundo – H. G. Wells
917. A Casa do Penhasco – Agatha Christie
918. Maigret e o finado sr. Gallet – Simenon
919. John M. Keynes – Bernard Gazier
920. (20).Virginia Woolf – Alexandra Lemasson
921. Peter e Wendy seguido de Peter Pan em Kensington Gardens – J. M. Barrie
922. Aline: numas de colegial (5) – Adão Iturrusgarai
923. Uma dose mortal – Agatha Christie
924. Os trabalhos de Hércules – Agatha Christie
925. Maigret na escola – Simenon
926. Kant – Roger Scruton
927. A inocência do Padre Brown – G.K. Chesterton
928. Casa Velha – Machado de Assis
929. Marcas de nascença – Nancy Huston
930. Aulete de bolso
931. Hora Zero – Agatha Christie
932. Morte na Mesopotâmia – Agatha Christie
933. Um crime na Holanda – Simenon
934. Nem te conto, João – Dalton Trevisan
935. As aventuras de Huckleberry Finn – Mark Twain
936. (21).Marilyn Monroe – Anne Plantagenet
937. China moderna – Rana Mitter
938. Dinossauros – David Norman
939. Louca por homem – Claudia Tajes
940. Amores de alto risco – Walter Riso
941. Jogo de damas – David Coimbra
942. Filha é filha – Agatha Christie
943. M ou N? – Agatha Christie
944. Maigret se defende – Simenon
945. Bidu: diversão em dobro! – Mauricio de Sousa
946. Fogo – Anaïs Nin
947. Rum: diário de um jornalista bêbado – Hunter Thompson
948. Persuasão – Jane Austen
949. Lágrimas na chuva – Sergio Faraco
950. Mulheres – Bukowski
951. Um pressentimento funesto – Agatha Christie
952. Cartas na mesa – Agatha Christie
953. Maigret em Vichy – Simenon
954. O lobo do mar – Jack London
955. Os gatos – Patricia Highsmith
956. Jesus – Christiane Rancé
957. História da medicina – William Bynum
958. O morro dos ventos uivantes – Emily Brontë
959. A filosofia na era trágica dos gregos – Nietzsche
960. Os treze problemas – Agatha Christie

UMA SÉRIE COM MUITA
HISTÓRIA PRA CONTAR

Geração Beat | Santos Dumont | Paris: uma história | Nietzsche
Jesus | Revolução Francesa | A crise de 1929 | Sigmund Freud
Império Romano | Cruzadas | Cabala | Capitalismo | Cleópatra
Mitologia grega | Marxismo | Vinho | Egito Antigo | Islã | Lincoln
Tragédias gregas | Primeira Guerra Mundial | Existencialismo
Escrita chinesa | Alexandre, o Grande | Guerra da Secessão
Economia: 100 palavras-chave | Budismo | Impressionismo

Próximos lançamentos:
Cérebro | Sócrates
China moderna | Keynes
Maquiavel | Rousseau | Kant
Teoria quântica | Relatividade
Jung | Dinossauros | Memória
História da medicina
História da vida

L&PM POCKET ENCYCLOPAEDIA
Conhecimento na medida certa

IMPRESSÃO:

Gráfica Editora Pallotti
IMAGEM DE QUALIDADE

Santa Maria - RS - Fone/Fax: (55) 3220.4500
www.pallotti.com.br